moshi moshi　もしもし
……もしもし　moshi moshi
moshi moshi　もしもし

如果電話亭

蔡欣純

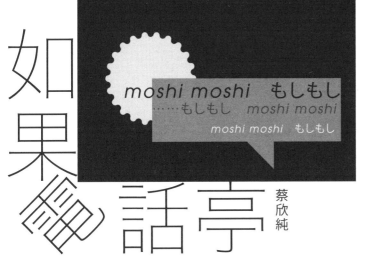

涉險的女鬼：我讀《如果電話亭》

○陳柏言（作家）

《爾雅．釋訓》：「鬼之為言歸也。」

「現代小說有一個危險的孿生兄弟，叫作通俗小說。」聽小說家講起這段話時，我才十六七歲。那時，我剛開始練習寫作，讀一所距離現代小說很遙遠的南部高中。

很長的時間裡，我將這段話放在心底，默誦，而不探究。那是帶有武俠氣味的訓導「一寸俗，一寸險」？或者，更像可見又不可見，名為「通俗」的界線；一越過去，就會墜落萬丈深淵？

閱讀《如果電話亭》，總讓我想起那個「危險」的宣言。我想像，蔡欣純的電話亭，正立基在一條蒙昧的邊界上，顫巍巍的朝著不可知的「小說宇宙」（如果有這回事）發射訊號。

蔡欣純流利強悍的文字，足以讓我們注意到，一位年輕寫作者，如何鍛鍊自己，反覆調校「自己的聲腔」。那不止於才氣。而是，對於「何謂小說」充足認識後的出手——我們竟可以在《如果電話亭》中，指認所謂「孿生兄弟」之間的若即若離，有時遊戲有時拳打腳踢。或者就像小說裡提到的「交換身分棒」：有時你變成我，有時我就是你。更重要的是：「身體互換，靈魂不變」。

對我而言，《如果電話亭》必然是後設的。也必然是對於「何謂小說」的再次挑釁與擬答。

她說：「如果……」

她說：「多麼俗，像極了我的人生。」

那並非單純的證成或反撥，而是一種「涉身犯險」，對於「小說還可以是什麼」的試探。

她像是鬼魂，潛入那被大量庸俗事物沖刷的，「另一個世界」；而《如果電話亭》，正是她艱辛為我們帶回來的見證之作。

顯而易見的險境，首先在於蔡欣純將日本動漫哆啦A夢，整個鑲嵌於《如果電話亭》的故事之中。那不止於標目的題記，亦非材料的援引，而是深入肌理的互文。也因此，這顯明是一部對讀者有所預設（乃至召喚）的小說。

「互文」作為小說的技藝，無非也是一次面朝異界的迢遙通訊。比如《金瓶梅》之於《水滸傳》，《尤里西斯》之於《奧德賽》，乃至朱天心《古都》之於川端康成《古都》……該怎麼說呢？那該像是RPG遊戲，擇取師門系譜，「雖不中，亦不遠矣」的期勉嗎？或者，近期紅起來的ClubHouse，你點了哪些人上台，他們發聲同時也代表了一部分的你。

然而，蔡欣純在她的第一部作品，卻選擇了哆啦A夢——或稱小叮噹，Whatever——作為全書的「座架」。那是怎麼一回事？

在黃崇凱的《黃色小說》中，亦曾描述過諸多摧毀三觀的「小叮噹同人誌」。譬如格列佛隧道縮小通往「摳摳熱點」，小叮噹性轉為貓女，四次元口袋「下移到內褲裡」，乃至根據力學定律，竹蜻蜓只會將頭皮撕裂……，各種奇情展示後，黃崇凱提出一個讓人瞬間「出戲」的問題：「我偶爾好奇亂想，方格跟方格之間發生過什麼？他們長大成人之後過著怎樣的生活？」

黃崇凱的探問，無非有些「明知故問」了——正因為是給兒童看的卡通，怎麼可能會有「之間」，會有「後來」？我以為，蔡欣純的《如果電話亭》，把這個問題延伸、乃至更「問題化」了。本書雖挪借了小叮噹故事，卻完全是一部「後童年」、甚至是「反童年」之作。

小說或有意識的，抹去了孩童（甚至是「少年」）的視角。像是拒絕為苦悶的世界，找尋天真的解答。她拒絕了「童年往事」。

她將鏡頭狠狠對準痛處——那是不二雄的天才之筆未能抵達的，大概「整組壞了了」的「後來的時光」。

〈謊言成真擴音器〉中，有一名穿著「圓滾滾藍色厚重布偶裝」，扮演小叮噹的性癖男子，揭開本名竟是王聰明（「新版哆啦A夢裡面，那個聰明伶俐的讀書小生」）；而在〈超能停時表〉中，敘事者也叫王聰明，也有一件深藏在衣櫃裡，「深藍色的小叮噹布偶裝」。那是長大後的王聰明嗎？還是出木杉？他同時是壓卷之作〈如果電話亭〉裡，那個「穿上小叮噹藍色布偶裝，盡力逗我笑」的男子嗎？

不止穿著布偶裝的王聰明，那些從小叮噹宇宙「被錯置」的人物，譬如靜字輩女子（靜香？宜靜？怡靜？），乃至不同版本的「小咪們」（〈人生重來槍〉：「她是不是來自另一個宇宙的小咪呢，她身上的靈魂何以整個被抽換了呢……」），都在不斷的消逝，重現，「變成另一個人」。那是伊藤潤二式的恐怖故事：反覆被殺死而又重生的富江，乃至來自不同次元的押切們……。〈女朋友目錄製造機〉有一段話，或可作為線索：「我們賴以為生的，太陽系的宇宙之外，還存在萬花筒般互相連結散開的，令人眼花撩亂難以計數的陌生宇宙。」

據此，我認為，《如果電話亭》並不能被簡單視為「短篇小說連作」。欣純取消了「連作」所預設的連續性與穩定性；她拆散敘事，解構又重構了一座「陌生宇宙」。

我以為，被反覆處決又重生的，不只是人物，同時也指向了敘事者——甚至，是那個以「鄰家女鬼」涉入文本的作者自身。

在《如果電話亭》中，欣純不只切換聲腔，亦切換文體：斷成兩截的日記，遺書，PTT站內信……，有時，又轉回很普通（因而特別顯眼）的第三人稱平鋪直述。那彷彿又回到，對於形式無比好奇，「小說試驗」的學徒時代（天啊，雷蒙・格諾的《風格練習》，竟也是七十多年前的老書了）。

這種奇異的返祖，忽焉前衛忽焉老派，不也是小叮噹故事的諭示嗎？「22世紀的貓型機器人」，好比《如果電話亭》挪用的，那些被想像出來的，「超出我們時代甚多」的發明，如今看來，多少有些泛黃生鏽的色澤了。

那讓我想起，博伊姆（Svetlana Boym）《懷舊的未來》一書，曾提出「修復型」和「反思型」兩種懷舊模式。我以為，欣純無疑更接近後者。比起嚴肅的重建神殿，「反思型」懷舊更顯現出諷諭幽默的姿態。他們更清楚意識到，人類如何有限，世界如何虛擬。（博伊姆此書第三章〈恐龍：懷舊與通俗文化〉，亦值得併看。）

作為一名懷舊者，欣純很擅長捕捉所謂「一講出來就會透露年紀的事物」。比如「空英」（《空中英語教室》），比如念考卷選項A、B、C、D時，總會把最後一個字母念成「豬」。比如「現在都不知道跑到哪去啦」的男子韓團Super Junior……。不過，欣純念茲在茲的，並不是過往神話的重建，更不是夢幻的鄉愁。

誠如柏格森所述：她「熱衷於距離，而不是所指物本身」。如果過去不再復還，小說家能做的，只是說故事。就如〈人生重來槍〉中的雅琪，反覆的暫停，倒退，重述。懷舊並不只是緬懷過去，同時也指向未來。

而這或許是欣純遭遇的另一種險境。

在本作許多故事中，敘事者不只召喚眾多文學讀物，亦常提起「想要成為文學家」這件事。

但是，他們對此又往往游移不決，甚至採取揶揄，乃至刻薄的姿態。

而這也讓這整部小說，形成某種自我解構的危機。

在後記中，這個鬼魂般的「文藝少女」的形象，再次浮現；從母親的書房，到想像中的團隊，乃至「自己的房間」。

這又是某種奇異的復返，或者說，懷舊——最後，連「懷才不遇」都出來了。

（那是女鬼的文學之心嗎？）

於是，讀者將會發現，《如果電話亭》其實是一部，徘徊猶疑，「不會真正開始，也就不會結束」的小說。

而這或許也是《如果電話亭》最迷人，也最讓人珍惜之處。

我們何其有幸，擁有〈謊言成真擴音器〉中，那個謊稱追尋極光體驗的「小咪」。

她將自己拆解成話語，又在虛空裡重建。

誠如篇名所示：那關於謊言，也關於真實。

——她說：「且讓我以我的方式，把時間喊停」。

蔡欣純猶如初生的老靈魂，纖巧細膩，坦率真誠，在傷痛與書寫中慢慢憶起原來自己已活過好多次，於是那些痛不再是痛，而是來提醒自己要在文字中無所畏懼。

——**作家　劉梓潔**

《如果電話亭》這部小說以《哆啦A夢》中出現的道具和角色為引子和隱喻，創作出了豐富的人物和曲折的故事，不同的故事線乍看像是由如果電話亭創造的平行時空，但其實展現了特定時空下，不同角色的感受和觀點，讀者則像是透過時光電視的不同頻道觀看著。是一部值得細細體會品味的作品。

——**哆啦王　ffaarr**

目錄

Q：Zayn離開1世代（One Direction）傷了千萬少女的心，這有什麼宇宙層面的影響呢？

霍金：終於有人問了個重要的問題。我給任何傷透心的少女的建議是，去學物理，因為有一天或許能證明平行宇宙的存在，而在一個平行宇宙，Zayn仍然在1世代，甚至在另一個平行宇宙，這個女孩開心地嫁給了Zayn。

女朋友目錄製造機

道具說明：能幫你列出未來會認識的女生名冊。不溯及既往。

豆知識：你知道嗎？大雄其實思考過靜香之外的可能性。人生很長，世界很大，沒人規定大雄只能跟靜香在一起。趁年輕的時候，盡可能違抗命運吧！

還記得嗎？遇見那天，我就承諾過妳：「我們之間，沒有祕密。」自那之後，我們走到現在，也七個年頭了。我還以為妳應該相當理解我才是。妳應該知道，我就是這樣的人——凡是妳想知道的事，只要妳問，我就會說。妳沒有主動問的話，我向來不習慣提起自己。

如果妳想知道阿明女朋友和我的事情，我會說的，我說就是了。

妳何苦在這樣混亂的緊要關頭，為了這件小事默默賭氣，還煩心到失眠呢？

妳這樣，不只我會心疼，熊貓眼也不好看耶！婚禮那天，還要畫一層厚厚的妝蓋住，妳會很不舒服。

不過我也沒辦法保證，聽完她的故事之後，妳是不是就會比較舒服，比較開心。不得不說，女人的第六感實在很準。妳觀察得沒錯，我確實曾經和阿明的女朋友交往過。但那是好久好久以前的事了。久到我以為，請他們來，我們都不會在意才是。

先答應我，這些故事，妳不可以跟阿明說哦！阿明並不認識高中的她。他們是很久以後才認識的。我和她交往是高中的事，那時候他們還不認識。

妳應該記得，我讀的，是我們那一區最爛的高中吧？雖然我已經被分進學校裡最好，也是最嚴格的班裡面了……老師上課的時候，還是得耗盡力氣管秩序，卻沒什麼用。

上課的時候，同學們打架的忙著打架，化妝的忙著化妝，還有田徑隊在教室裡練習短跑衝刺。甚至還有同學抱著嬰兒，挺著大肚子來上課。我幾乎要以為，這是所有高中生的日常了。

當時，處在這樣的環境裡，其實我非常自卑。畢竟我在班上，除了成績比較好一點點之外，毫無長處。欸，妳不要看我這樣子，好像女生朋友很多，很會虧妹，很擅長跟人家喇賽……以前的我，才不是這樣子。

我不像小胖，雖然長得矮肥醜、青春痘又多……他只要隨便喇幾個笑話，就能把到漂亮學妹，哄她們心甘情願地和他上床。而且他交過的歷任女朋友，還都是轟動校園的校花。

我也不像來福，欸，妳別笑他的名字像狗。

我一開始也覺得好笑。後來看到他花錢的方法，我差點沒哭出來！食衣住行這類的，我就不說了。他們家最厲害的是，每個禮拜都準備一台新車，讓他開去上學。

來福說，他們一家都是汽車控——想著有朝一日，一定要找出全世界最酷炫最安全的車。他們家測試車子的方法，就是看來福有沒有把車撞爛。不知道他算不算是命大。來福每次在路上和別人擦撞後，總是毫髮無傷。

我更比不上虎哥，聽名字妳應該就知道，虎哥是全校最強的男人。他不僅塊頭高、長得壯、打架從沒輸過……還曾經在朝會時間，用英文法文西班牙文台語夾雜，在司令台上把責備他的校長，嘴得稀巴爛。

我想我大概永遠忘不了校長那天的表情。那還是他榮退的前一天。他一邊踱腳，一邊快步走下司令台，憤恨地哭喊：「馬的！到底為什麼會有這種小孩！」

我想我是有點了解校長的心情。

媽的，我這麼廢，被生下來幹嘛啊？

高中三年，看著班上這群各個天賦異稟、身懷絕技的同學們，我時常懷疑起自己存在的意義。雖然住在隔壁的阿明，一邊吃飯配電視，一邊擦去嘴邊的飯粒安慰我：「你只是運氣不好，暫時去了不適合你的地方。」可是我真的不知道，到底為什麼，會有我這種小孩。

暫時去了不適合你的地方？這句話到底是什麼意思？

反而是到了高中畢業之後，上大學的農曆年，和親戚們聚餐——我才突然發覺，在旁人眼裡，相較於那堆高中同學們，我似乎真的是「有出息」多了。

妳知道，農曆年間，免不了都要面對親戚的輪番拷問。

意外的是，那年所有的長輩，問我考上哪間大學之後，都驚喜不已。他們走過來，大力拍著我的肩膀，大聲地祝福我：「恭喜啊，阿雄！你居然考上那麼好的大學！阿雄啊，你真的是你們高中的清流！你們學校這幾年招生都全靠你了！」

「清流？清流是什麼意思？為什麼是清流？」

「清流說的是你啊，阿雄，你就是清流啊！你讀那種都是8＋9的學校，還能夠考上T大，阿雄你真的是太有出息了！」

「8＋9？8＋9是什麼意思？」

「欸，這不是你們年輕人的流行用語嗎？阿雄你都忙著讀書，沒在上網update齁！阿——捏——母——湯——喔！8＋9就是那些不讀書，未婚懷孕，身上刺龍刺鳳，抽菸的混混啊……」

後來阿姨和叔叔們說了什麼，我幾乎全都不記得了。

他們的聲音逐漸模糊抽空，被我遠遠地拋在腦後。我只知道，霎時之間，我身處的漆黑世界，彷彿裂開了縫。亮黃的光線，從縫隙裡照了進來。暖呼呼的，我卻無從靠近，太刺眼了。

啊，不小心，扯得太遠了。

還是回到故事的起點，讓我從高中時發生的故事，開始說起吧。

說起來，緣分還真是奇妙。高中的第三年，就讀第一志願的阿明，為了準備大學聯考，漸漸地沒有時間陪我吃飯了。我和他的現任女友，就是在那時候認識，然後開始交往的。

別露出那種可怕的表情嘛！我們只不過交往了三、四個月而已。

我和小咪的結局，就跟所有人愚蠢的初戀一樣，跨年煙火似的。熱戀的時候，再平凡的日常，都蒙上了一層又一層，無限開展萬花筒般歡愉的節慶幻象。熱戀結束，再回過神來，卻發現花火不過是一瞬間的事。

不過倒數三十秒而已。遺忘更長。

❍

妳以前也愛看綜藝節目嗎？

小咪的故事，我想要從一個年代久遠的綜藝節目說起。

在我讀高中的時候，班上最流行的話題，總是口頭禪「見鬼啦、見鬼啦！」的「綜藝天王」吳宗憲主持的《我猜我猜我猜猜猜》。當紅的歌星或模特兒，總是會捧著專輯或寫真集，在節目上打歌、打書。

不是每一個明星我都喜歡，也不是每個單元我都愛看。

但我是真的很喜歡「真的假不了」，整集節目裡面，它是我最喜歡的單元。儘管它的名稱和宣傳口號，聽起來就是兩句廢話——假的不能真，真的假不了——卻很有意思。

每一集，製作單位都會找來兩位從事特殊行業或擁有特殊技能的人，再混入一位背好台詞的素人演員，讓他偽裝成專業人士。來賓們聽完所有人的故事，再來推敲誰說的話是假的，揪出騙人的演員。

答案揭曉的時候，那個以假亂真的素人演員，會苦笑著從台上走下來。他會很無辜地，跟著猜錯的來賓一起接受懲罰，享用炸亂頭髮的超強乾冰。

雖然我每次都猜錯，可是不得不說，這個節目還真是厲害。它幾乎蒐集了所有台灣的奇人異士。

好比說，我曾看過砸數千萬養馬的馬術冠軍，在電視螢幕上，親吻每一匹馬，對著馬唱歌。又好比說，那時候「宅男」這個詞才剛興起。節目便請來一位資深宅男，他很少出門，甚至連走到巷口都會迷路。他活在自己的小宇宙裡，小小的套房，塞滿了成堆的漫畫和模型。就連《小叮噹》裡的「宜靜爸爸」這種邊緣角色，他都有收藏！

除此之外，最讓我印象深刻的，是一位長得非常可愛，卻超級噁心的指甲控。她是面容清秀的氣質女孩，抱著大大的方形玻璃罐子，大方地去上「我猜」。那個罐子裡，竟然裝滿了她每個月剪下來的，布滿污垢斑點的半月形指甲。

她竟然絲毫不覺得噁心。

笑起來非常可愛的她，微笑著以甜甜的語氣說：「這個罐子裡面，有超過一半以上的指甲，少說都放了有十五年哦！看著它們，我超級有成就感的！」

看著她那雙白嫩纖細的手，搽著亮晶晶的粉紅色指甲油，我忍不住想，時間真是容易使事物變質的催化劑。那些骯髒泛黃，散發著臭味的指甲殘骸，原先肯定也和她的手一樣漂亮吧？

那麼多年後，再一次見到小咪，並且還發現，她的結婚對象，居然是阿明。真讓我以為是「我猜」的實境秀，摻雜著緬懷、感傷、難以置信……的複雜心情。也許最感到痛苦的是，小咪這個人，總是讓我真假難辨。

這樣說吧！昨天妳看見的小咪，和高中時我認識的小咪，在我看來，她們簡直是來自不同的宇宙。所以才說妳不用露出那種表情嘛！隨著時光推移，我對小咪與我之間回憶的真實性，越來越沒有把握……

是高中的小咪更逼近真實的她呢？還是我整個猜錯？高中的她會從台上走下來笑我，笑我的恐懼和混亂，笑我就快要爆炸的腦袋？

○

小咪是在高三那年，突然轉來我們班的。

那時候她還是短髮造型。雙眼皮大眼睛。小巧鼻子櫻桃嘴巴。很有靈氣，精緻的白皙臉蛋，很像是年輕時青澀俏皮的廣末涼子。

小咪的氣質清新脫俗，同時還有轉學生特別的神祕感，全校的人都很想認識她。為了贏得她的青睞，小胖竟然果斷斬去身邊所有的情緣，在朝會的時候，對小咪公開示愛。

「謝謝你喜歡我。可是那些笑話實在是太冷了。我沒有興趣。」

小咪是全校唯一拒絕過小胖的女孩吧？

小胖黯然退場之後，便輪到來福。來福一改飆車的作風，穩穩地開了目前「測試」出來，最安全也最漂亮的蘋果綠跑車，來邀她兜風。

「小咪，要不要坐我的車啊？我想和妳一路向北，駛向這條高速公路的盡頭。」

「才不要。而且我最討厭蘋果綠。」

妳這麼聰明，就算接下來的故事我還沒說完，虎哥追小咪的結局，妳應該已經猜到了。

或許是她太受歡迎了，卻始終以冷漠的態度待人，招來了怨恨和嫉妒。自從小咪拒絕了虎哥之後，同學們突然對她生疏了起來。不得不說，她是謎一般的人物。小咪似乎決定先發制人，在同學們澈底討厭她之前，先把自己變成空氣。

同學打招呼，她裝作沒看到。老師點名，她不應。

老師生氣了要她回答問題，她照樣窩在教室角落，裝作沒聽見，繼續做自己的事情。先前交情不錯，還願意陪她的朋友找她說話，她也不理。她頑固地讓兩隻眼睛錯過對方的身體，看也不看對方……

然而，奇怪的是，小咪卻對我笑了。

我還記得那天是我的生日。本來很期待放學之後，就可以回家吃大餐了。可是在走出教室之前，我卻被虎哥掄牆威嚇：「欸，幹！我不想跟那個女的一起值日啦！你應該知道要怎麼做吧？」

「好啦！我知道，我知道……」

我總是乖乖聽虎哥的話。

我擦了每節下課的黑板，還抬了中午的團膳。

其實這些都還好。比較幹的是，老師規定我們班的值日生，放學後還要多留十分鐘，把教室掃乾淨才能走。

正當我拿起掃把，想著「乾脆來個大掃除，順便把霉運掃掉吧」的時候，小咪突然貼近我，抓住我的手臂。她攤開我的掌心，皺起眉頭，很認真地說：「你知道如果自己一個人掃地的話，會把所有的好運掃掉嗎？」

把好運掃掉？不知道呢。我根本沒聽過這種傳說。

大掃除可以把霉運掃掉，不過是阿Q精神的自我安慰罷了。

可是當我握著掃把，小咪在教室裡佈下的「空氣人結界」，竟然奇蹟似地被掃除殆盡。那是小咪第一次和我說話。那是小咪第一次，卸除了自己空氣人的身分，直視另一個活生生會呼吸的人。我們一起掃完了整間教室。

雖然不確定，透過小咪的幫忙，我是不是真的累積了什麼好運氣。畢竟那天回家之後，不僅被爸媽斥責了一頓「為什麼這麼晚才回家」，而且他們根本沒有準備生日蛋糕，沒有要為我慶生的打算。

我的十八歲生日，在他們無盡的爭吵之中，就這麼被忘記了。

等價交換。

或許《鋼之煉金術師》說得沒錯。

妳應該知道吧？那是我最喜歡的動漫。人如果不付出什麼，不犧牲什麼，就得不到任何回報。反過來，如果你想要獲得，就必須付出同等的代價。這是它教會我的道理。

不得不說，動漫實在是很有哲理。

隨著我和小咪逐漸熱絡，爸媽的感情卻越來越淡薄。好像是財務問題吧？之類的。我媽是說，那些都是長期累積的啦！他們好像很久、很久以前就不合了。至於確切的原因，其實，我也不是很清楚。

等價交換。

在我跟小咪交往的那一天，我爸跟我媽，終於正式離婚了。

○

不要嘟嘴巴嘛！

雖然很可愛，可是妳這樣，嘴唇都可以吊起三斤豬肉了。

讓我來猜猜看，妳為什麼這麼生氣。猜中的話，請妳務必答應我，在故事說完之後，我想要和妳商量一件事。到時候，妳一定要冷靜下來，認真聽我說話。

我猜，現在的妳，一定是這樣想的：「原來和小咪在一起這麼幸福。竟然幸福到，值得爸媽離婚，值得家庭破碎。為了她，你竟然願意用這麼不幸的代價去交換……。」

哈，我猜對了吧！

妳要那樣想也可以，可是，我又不是那個意思。

我怎麼可能願意把全家人的幸福，拿去交換和小咪共度的那些日子。

只是，事情就這樣發生了，小咪又剛好出現在那個時間點上。

某種程度上來說，我應該感謝她。是她幫我轉移了注意力，在我適應新生活的時候，減緩了我的痛苦。話雖如此，隔了那麼長的時間，我還是常常問自己，我和小咪的關係，是正常的感情嗎？對她的強烈渴望，我想，或許迷惑的成分居多吧。

坦白說，有時候，我自己也不是那麼確定，和她交往的那段時光，我是幸福的嗎？小咪愛過我嗎？我愛過小咪嗎？如果少女時期的小咪不是真的小咪，這樣我還算是真正愛過小咪嗎？

我剛剛不是說過了，高中時的小咪，和現在身為阿明未婚妻的小咪，簡直是來自兩個不同宇宙的人嗎？忘了是誰曾和我說過，我們賴以為生的，太陽系的宇宙之外，還存在萬花筒般互相連結散開的，令人眼花撩亂難以計數的陌生宇宙。

有時候，我忍不住揣想，會不會另一個宇宙裡，長著另一個和我一模一樣的人？會不會我們分明背負著相仿的，雙胞胎似的肉身，卻因為氣候和環境，因為大氣壓力種種不同的生長模組，被注入了不同的靈魂？

「萬花筒般的宇宙？你阿嬤啦！幹！」

聽完我這番話，高中時期的小咪，想必會瞪大她那雙貓一樣的眼睛，硬是以溫柔的嗓音，擠出爽朗的哥們笑聲：「幹，你是在說什麼東西啦，你少蓋我喔！」

可是，此時此刻站在阿明身邊的那位小咪，她恐怕只會微微瞇起雙眼，慵懶地，似笑非笑地輕輕「哦」一聲，結束話題。

妳不曾經歷過我的高中時期。妳不會明白我的詫異。

看到她劇烈的轉變，我幾乎要相信這個世界上，真的存在另一個宇宙了。

那不是因為改變身分的轉變。那更不可能是因為時光打磨，歲月巧手替她變造的紋路。那是活生生地變了一個人，令人懷疑，她們究竟是在什麼時候，彼此交換了靈魂？

高中時期的小咪，渾身瀰漫著一股既野性，又迷人的緊張感。她總是神經兮兮地，像極了上古時期的稀有生物。對我來說，當時的她，是善於預言和下蠱的女巫。

小咪的感官敏銳，纖細到令人心疼。湯匙和盤子碰撞的敲擊聲，輕拂的微風、樹葉摩擦，屋簷下的小鳥拍動翅膀抖落雨水（可是那聽起來究竟是怎樣的？）……種種細小的聲響，都會讓她頭暈或心悸。

她有靈異體質，常有超自然感應。

有時候，和她隨便路過一家店，或者只是踏過隨處可見的斑馬線。她時常渾身發起冷顫、嘔吐或抽搐著，以細小的嗓音對我說：「我們快點離開，好不好？

這裡實在，實在是讓我不太舒服……」

我認識的小咪，是易碎的少女。只要有風吹草動，很容易便落得滿身傷痕。儘管她總是滿口粗話，操你阿嬤幹你娘的。即便不怎麼討喜，我想，明眼人還是很容易看出來吧？那些髒話，不過是她苦心搭建起來，給自己的層層保護。它們是她的城牆和護城河，彷彿正朗聲說著，我才沒有這麼脆弱。

感官敏銳之餘，女巫的預言能力，小咪也是有的。

第一次見面的時候，小咪便對我們的關係，作出預言：「期中考後第三天，我們會開始交往。可是，等到畢業那天，我們就會分開。」

時至今日，我仍無法分辨小咪說的話，是真正的預言，還是高超的催眠術？剛認識時，我很快便意識到，這樣的女孩，迷人是迷人，可是跟她交往還是太麻煩了。和她相處越久，她身上的雌性激素，似乎正在逐漸衰退。當時我篤定地認為，我永遠不會喜歡上她吧？何況她還滿口髒話，一點氣質也沒有。

可怕的是，期中考過後第三天，我們居然真的開始交往了。

我竟然變成了受虐狂。我突然很喜歡聽小咪操我媽操我爸，幹我阿公幹我阿祖幹我祖宗十八代……把他們全部挖出來幹一輪，再埋回去。我開始陪著小咪，做各種超級危險，以前想都不敢想的，比如在虎哥椅子上塗滿三秒膠，這類絕對被痛扁一頓的事。我喜歡在學校的圍牆旁扛起小咪，在教官發現我們之前，翻向那一點也不枯燥的世界。

欸，妳可別隨便亂開玩笑啊！

說不定，小咪還真的是個女巫。而且她一定是法力無邊，能操控人心的女巫。不然，當我回頭看那段酸甜的戀愛回憶，如何竟像是一場盛大的幻覺？我常常忍不住懷疑，會不會全部的記憶，其實都只是虛構。

妳的猜測當然很有道理，可是，小咪才不是什麼「幻想女友」。我可以保證小咪這個人——儘管靈魂的變化讓我錯愕——這些關於她的故事，和曾經有過的愛戀，全都是真實的。

我深深記得，和她之間的某個魔幻時刻。

那天，我們如常地翻牆逃課。上課鐘響了，倚著牆，小咪卻突然頭痛暈眩起來。聽說降溫能緩解疼痛，我趕快跑去便利商店，為她買一枝冰棒。我們舔著將要融化的冰，遠遠地看著教室的窗戶。

小咪逐漸恢復了精神，露出虛弱的微笑，向我道謝：「勝雄，謝謝你。待在你身邊的時候，那些虎視眈眈的魔，好像都不見了。你好像可以幫我去除身上所有的煞喔！」

那是她說話最溫柔的一次。

那是我第一次發覺，卸下防備的小咪，是這麼溫柔。沒有髒話，沒有硬裝出來的堅強，她的聲音細細柔柔的，像是河邊搖曳的芒草，像是秋意漸濃，夏天尚未全面撤退，還留有餘溫的恬靜秋日午後。

整個世界安靜了下來。

那是我第一次聽見，也是我第一次發覺：原來連心臟跳動的節奏，都能成詩。

○

欸，我剛剛說到哪裡了？

○

好吧，分心也沒關係。

妳先去上個廁所，回來再繼續說好了。

讓我們回到故事的開頭吧？妳還記不記得，故事的開場是這樣的：小咪的故事，我想要從一個年代久遠的綜藝節目說起。對我來說，小咪就像那些真真假假的來賓，讓我懷疑起那段回憶的真實性。

妳的眉頭怎麼皺成這樣呢，又要吃醋啦？

別賭氣嘛！

我能告訴妳幾十個綜藝節目裡的奇人異士，那些故事的細節，我全都記得清清楚楚——卻早就忘記小咪的星座血型，也忘記她愛吃的東西是什麼了。時隔多年，我早就不是那麼在意她了。

誰的初戀不蠢，不是黑歷史呢？我看過的女人這麼多，還在茫茫人海裡，和妳相遇了——每當我看進妳的眼睛，還是常常想起那個青澀的，不堪的自己。原諒我，在婚禮前夕，不去刻戒指，竟然還在跟妳說這些愚蠢的故事……。

戀愛的人是少年。然而，少年總是蠢，常把關係搞砸。

我對妳的愛，遠比初戀還要深刻，還要純粹。在妳面前，我能放心做自己，我能展示最真實的自己。告訴我，妳會討厭這樣的我嗎？其實我很害怕，害怕失去妳，怕妳和小咪一樣，突然變了一個人，突然轉身就走。

妳願意陪我一起釐清初戀的回憶嗎？我很想知道，自己到底做錯了什麼。真的，我早就不在意小咪了。只是回憶的真假，就像是偶然跑進鞋子裡的小石子一樣，扎得我渾身不對勁。

假的不能真，真的假不了。

高中畢業那天，恰好是小咪的生日。雖然在剛認識的時候，小咪早就預言過「我們的交情不會撐到畢業」，我卻覺得那只是她在豪洨而已。畢竟交往的這些日子以來，我們不僅沒有吵過任何一次架，她還天天說愛我。

畢業的前一天晚上，我偷偷地去了爸爸的新家。不顧爸爸和新阿姨臥室傳出嗯嗯啊啊的奇怪聲響，我踮起腳尖，悄悄地溜進新阿姨的書房。

「阿姨，妳手上那是什麼啊？好漂亮哦！」

「這是拜過佛祖，來自西藏的天珠手鍊喔！家傳的，我阿祖那一代就有了。據說能幫女孩子掃掉所有霉運，還可以擋煞喔。我之後會傳給女兒，大概明年吧？到時候，你要來看看你的新妹妹哦！」

醒醒吧，你沒有妹妹。

我本來就沒有妹妹。新阿姨又不是我媽。

爸媽離婚之後，很快地，他們各自又有了伴。

媽媽和新叔叔似乎交往得不太順利。爸爸離婚之後，和新阿姨在一起，卻變得非常幸福。大概是新阿姨很會煮菜，又很擅長打理家務吧？爸爸下班之後，幾乎什麼事都不用做，幸福得整個雙下巴都出來見客了。

和新阿姨見面後，我記不住她的樣貌，卻記得收納褐色天珠手鍊的位置。它散發柔和的澄澈光澤，彷彿連天上的彩虹和雲朵，都能映出來。

「阿姨睡覺的時候，也會戴著它嗎？」

「睡覺的時候不會戴啦！阿姨都會把它拿下來，放在《西藏生死書》上面。阿祖說，只要這樣放的話，它就會產生更多感應喔。」

謝謝阿姨。

阿姨的天珠手鍊，我這就收下了。

畢業的前一天晚上，我很順利地，拿到最適合小咪的生日禮物。

吼，妳不要緊張，我知道偷竊是犯罪啦！

偷拿阿姨的天珠手鍊，當然會有罪惡感啊，只是並沒有持續太久。

畢竟，後來想想，爸爸跟阿姨欠我的，豈是一條天珠手鍊能抵得過的？再說了，見面的那一天，阿姨也是這樣告訴我：「生活上，如果有什麼需要幫忙的，你儘管開口沒關係。」

我只是不知道怎麼開口而已。

我想，阿姨應該會原諒我吧。

○

畢業典禮當天，我捧著幾天前就寫好的生日卡片，和那串漂亮的天珠手鍊，在我們約好的圍牆旁邊，等著小咪。我們上個禮拜就約定好了，要一起翹掉畢業典禮，去咖啡廳窩一整天。

滿懷期待的我不停地想，小咪看見生日蛋糕的時候，會感動得哭出來嗎？小咪看到咖啡廳店員，抱著我預先準備好的巨大史努比走出來的時候，會一邊罵髒話一邊笑著打我嗎？

小咪曾經說過，她很羨慕生日時，收到超大型娃娃的人，「你看，隔壁班的阿美，她多麼神氣啊！抱著這麼大隻的布丁狗走在路上，全世界都知道她生日了，全世界都知道來福愛她！」

可是，小咪怎麼還不來呢？畢業典禮上，冗長的來賓致詞，都結束了呢。

小咪是不是忘了等我，自己先走去咖啡廳了呢？一定是的。我駝著自己的重量，有點暈眩地翻過了牆。我沿著紅磚牆慢慢走著，深怕錯過了姍姍來遲的小咪，深怕小咪其實還在來學校的路上。

等我終於慢慢走到咖啡館之後，妳猜，小咪來了沒有？

沒錯。小咪就和妳猜想的一樣，沒有現身。

也許是看我遲遲等不到人，店員走過來，遞給我一張對折的信紙。他有點不好意思地告訴我，我在等的那個女孩子，剛剛來過又走了。我攤開信紙，那些字句，是小咪的筆跡——

「勝雄：

謝謝你送的生日禮物。

蛋糕很好吃。史努比很可愛。

我唯一不能收下的，是你手上那條天珠手鍊。

你一定是想著，那條天珠手鍊，可以為我除去霉運。

可是，你有沒有想過，傳說的真實性有多少？那條天珠手鍊，就算珠子是真的，依附著它的傳說，八成是假的吧！只要戴著它，就能除卻霉運？不可能的。天底下哪有這麼好的事。

也許就像是我之前跟你說過的那些話一樣（你可以擋煞、我愛你、我喜歡你、我想你）……那些話也全部都是假的，都是不可能的。

我這輩子不可能愛人。

若是你讀完這封信，還是執意要給我手鍊，請把它留在店員這邊，我會再來拿。

再見。」

○

再見了。再見。

小咪的筆跡，明明很輕巧。信紙上的字句，卻寫得非常決絕。

從此，我再也沒見過小咪，卻蒐集了不少她的故事。

高中畢業之後，朋友很開心地告訴我小咪的近況。她說，小咪沒有繼續升學就算了，竟然還跑去當酒店小姐。

據說她在酒店裡，搞上有錢的中國富商，不知道是故意還是不小心，竟然還懷了孕。有人說，她把孩子生下來，是個帶把的兒子，正中富商下懷。她大膽地帶著兒子，飛去中國，母子一起讓對方包養。

另一個版本的故事，就比較勵志了。也有人說她墮胎了，墮完之後，轉行經營生機飲食。她善用富商的錢，不僅成功開啟網購風潮，還擄獲了重視養生的婆婆媽媽的芳心⋯⋯。

除此之外，我也曾聽說，小咪根本沒做過酒店小姐。

小咪的故事，有太多種版本了。也有朋友說，畢業之後，小咪早就削髮為尼，在寺廟裡安分地吃齋念經。妳還記得剛交往的時候，我帶妳去拜月老，我們請月老喝珍珠奶茶的那間大廟嗎？有朋友說，他們曾在那附近，看見光著頭，穿著灰色道服的小咪，在柏油路上悠閒地散步。

不知道這些傳言，有幾分是真的，又有幾分是假的？

坦白說，我本來是覺得，哪一個是真的，哪一個又是假的，並不重要。因為分開之後，我早就預感這輩子，大概不可能再見到小咪。既然如此，真假對我來說，根本一點關係也沒有。

然而，我的預感，卻總是出錯。

我根本沒有想到，多年後竟然能再見到小咪。還記得那天，我穿著普通的襯衫，普通的卡其色牛仔褲，普通的布鞋……去參加萬年處男，阿明的求婚、單身派對。

阿明要求婚的女主角竟然是她。

我眼睜睜地，看阿明捧著九十九朵玫瑰花，虔誠地向她跪下。

如果她是跟人渣在一起，譬如虎哥或來福，那也就算了。至少他們認識，生活圈也比較接近。可是，為什麼，偏偏是跟阿明在一起呢？他們根本是活在不同世界的兩個人……

那天晚上，她笑吟吟地挽著阿明，一派輕鬆地向我點點頭。她看著我，露出潔淨無邪的笑容，是過去從來沒有看過的。我的腦袋卻跟中邪一樣，塞滿了高中時，她親筆寫下的字句：「勝雄，我這輩子不可能愛人……」

真的假不了，假的不能真。

妳覺得是我在高中時遇見的小咪，還是阿明現在的未婚妻小咪，會從「我猜」的舞台走下來，陪我一起接受乾冰懲罰，讓頭髮爆炸呢？

○

欸，好奇貓。小咪的故事，我終於說完了。

雖然不是什麼太有趣的故事啦！何況妳也知道，我的說故事技巧，向來不怎麼好。但是今天晚上，妳應該可以放下心中的大石，好好睡覺了吧？

妳看，說開了，根本也沒什麼。就只是很青春的愛情故事嘛。

小咪早就是過去式了。妳才是我的初戀。

答應我，我們要一起寫下全新的，永恆的戀愛故事。

啊對了，在那之前，還有一件事。放心，我不會強迫妳啦。不願意的話，也沒有關係。如果妳不介意小咪出現在婚宴會場的話，能不能麻煩妳，幫我打電話給阿明，拜託他們來當我們的伴郎伴娘啊？

我真正要好的朋友，其實很少啦。阿明不來的話，人數湊不齊啦！

好？真的？那就麻煩妳囉。

時間不早了，我們快點睡覺吧。

最後，在關燈之前，我想要再和妳確認一件事。這件事很重要，遠比小咪重要，甚至遠比我們的婚宴都還要重要。聽好了，這句話，我希望妳能真正聽進心裡，永遠記得：

謝謝妳出現在我的生命裡。

我愛妳。

謊言成真擴音器

道具功能：能讓謊言成真。能把皮諾丘變成真正的男孩。

豆知識：你知道嗎？事後追認是很方便，可是說謊會有報應。小夫想要逃掉家庭訪問，謊稱媽媽死了。小夫的媽媽，真的差一點點就死了。

很久沒有寫信給你了，特別是在這無趣的六月。

我最討厭六月，鳳凰花開的季節。通往圖書館的階梯，鋪滿亮橘色花瓣。校園裡早別人一步考上高中的同學騷動起來，依依不捨且興奮地籌備畢業的種種儀式：紀念冊、個人自拍、惡整同學或老師的醜照（閉眼睛熟睡、裂嘴笑、擠雙下巴）、畢業典禮、畢業歌……。

矯情。

也不過短短國中三年。還是這樣幼稚的年紀。哪來這麼多離情依依？

但是這樣的話，我說不出口，也不能說出口。誰叫我是任教於這間國中的老師呢？而且還是數學老師，生活最枯燥乏味的那種。

每天重複上一樣的課程，重複一樣的叮嚀，重複管一樣沒意義的整潔秩序。重複泡在一堆無聊的數學公式裡——正負數、XY軸、第一象限、第二象限、因式分解、重心外心內心垂心……。

缺乏新意。連早餐店的三明治和中杯冰紅茶，都比它有趣。

三明治加一杯中冰紅，是我每天的早餐。方便。隨手拿了就走。我才有辦法早早到學校，管理我的班級，安安穩穩「送」學生們到畢業。

我用「送」。我不用「陪」。

畢竟我對學生，沒有這麼多情感，像是沒有內建母愛的母親。

坦白說，我還真是不懂同事們的種種感傷。比如說，那位坐我隔壁，常常找我哭訴相親煩惱的感性阿美，她時常在畢業季發出感慨：「眼看著這批孩子畢業，獨留我們在這裡，我們真的是越來越老了……」

雖然我不能，可是，阿美啊。雖然我通常只會附和，然後安慰。可是我真想拍拍她的肩膀提醒她——其實從來都不干孩子們的事。我們本來就會越來越老。
阿美，妳若是不捉住三十四歲的尾巴，不願意牙一咬、心一橫，不願意接受那些以妳的條件，其實都已經夠好，但總是莫名其妙被妳打槍的哥哥叔叔們……阿美啊，妳都已經三十四歲了，怎麼還會相信白馬王子，怎麼還會相信現實生活中，存在幸福快樂的童話？

可是誰沒有過浪漫的幻想？阿美依舊是可愛的。

整個辦公室裡面，我最討厭的，是人稱「數學魔王」，負責教資優班的阿富。每一所學校，都存在這種數學老師吧？嫌棄課本過於簡單，要學生買他們的自編講義。講義裡全是習題，上課時穿插無聊笑話，偶爾還開開黃腔。為的是提振學生精神，讓他們有動力看下一題大考根本不可能考的，嚇唬人的，不切實際的資優班試題。

而我知道，阿富是怎麼背地裡說我的，我這種女人。

○

「猜猜看！你們知道她幾歲了嗎？」

「她都快三十了吧，卻沒有要結婚的意思，看不出身邊有伴的跡象。真的是可惜了，她的穿衣品味那麼好，又長得那麼漂亮。就是腦袋怪了點，不怎麼跟人聊天說話。聽說她還自己跑去冰島看極光咧！」

阿富不過是幫我代一個寒假的輔導課而已。開學回來，學生們突然對我的私生活好奇起來。不少人問起冰島和男朋友的事，對我投以關愛的目光，很有一點憐憫的成分。

不得不說，當代中學生的價值觀，還真是讓我有點驚嚇。我自己還是國中生的時候，若是見了三十歲還沒結婚的女老師，只會覺得她真漂亮呀！不同於那些因為生產和勞碌，腰際堆滿肥肉皺褶的女人。

面對他們的疑問，我該怎麼回答呢？

我應該學習那些螢光幕前被抓包牽手逛街的藝人，露出曖昧的微笑，說聲「謝謝關心」嗎？

好在有一位認真的好學生解救了我。圍繞我的人群裡，突然冒出一隻手。矮小的她，筆直地舉起纖瘦的手，羞澀地發問：「老師，什麼是極光，可以解說給我們聽嗎？」

鬆一口氣。

我連忙拿出你之前寄給我的照片，秀給她看。我故作鎮定，很專業地為她解說：「這是個好問題！極光是什麼呢？簡單來說呢，極光是指在高緯度的天空中，帶電的高能粒子和高層大氣中的原子互相碰撞，造成的發光現象。」

很專業？沒有。

這定義不知道對不對。我維基百科查的。

極光是什麼？坦白說，其實我也不是真的很明白。反正考試不會考，而且那該是自然科老師負責回答的事。要我全盤托出的話，我坦承——寒假，其實我並沒有去冰島，雖然我很想去的。

你不在我身邊的這些年，我仍舊以我的方式，在台灣看了極光。

○

讓我們將話題繞回辦公室同事吧。

不知道有沒有和你提過？過年之後，阿美終於找到順眼的男朋友，開始交往之後，逐漸胖了起來，舊的褲子和衣服都扣不上了。

阿美只好邀我去血拼，添購新衣。我們在試衣間裡嘻嘻哈哈的，衣服試了又試，好難找到合身的size。同一件衣服，阿美拿不同的尺寸，穿了又脫，脫了又穿……再這樣，一件又一件試穿下去，我們遲早會死在試衣間裡。

「幸福肥？唉唷，是他不要我減的啦！」

幸福的阿美，就連聲音也膨脹起來，像是烘焙坊剛出爐烤好，甜滋滋的白軟麵包：「男人就是這樣嘛！就是愛看別的妹啊，就覺得她們腰束，奶膨，辣！可是回頭看自己的女朋友，就會覺得妳這樣皮包骨啊，是怎樣，是要兩個人互相敲打嗎？」

胖有什麼關係，我點頭微笑，讚美她近來氣色確實是好多了。

阿美笑得更開心了，伸手捏了捏我的雙臂：「我才不要像妳，瘦成這樣！」

我持續微笑，心想，阿美也許永遠不會懂吧——就是得瘦成這樣，才能和各式各樣不同的男人，互相敲打碰撞。

而這就是我看極光的方式。

用不著搭飛機繞過半個地球。只需要從城市的一邊，到城市的另一邊，或直接到另一個城市。

極光無所不在。

在樓下，在車上，或者陷進床裡面。

航行時間？

十五分鐘。

許多次十五分鐘。我傾盡全力，跨越語言宗教膚色種族政治和性別的鴻溝，以身體取代語言，打散自己，重新編碼。回應彷彿自陌生國度傳來的，所有人的相同疑問：「妳到了嗎？」

「到了。」

抵達的瞬間，我的腦袋空白地，好像能放進整個宇宙。或終於能理解時空的虛無，天地的無垠。

可是我最喜歡的，還是等待的時候。

就像是旅行，最快樂的還是移動的過程，而非抵達本身。

○

倚著牆，我時常想起那所極度壓抑，建築物灰撲撲的，讀了三年的國中。那些年，我獨自一人站在學校牆邊，等待叔叔開的那輛白色轎車出現。

中學時期的等待，大多時候非常磨人，像是每個人初次暗戀時，暗自向自己許諾的，那些無望的看不見盡頭的等待。何況我站在校門牆邊這麼一等，常常在兩三個小時後還不見叔叔的人影。

我常常等得腿都痠了，手上的《空中英語教室》都讀完了，太陽都下山了，同學們都下課老師都下班了，整個學校空蕩蕩的，獨留我一人。

隨著天色漸暗，偶爾還會遇到陌生中年男子的拍肩問候：「小姐，妳在等人嗎？」

「對啊，我是在等人。」

陌生叔叔的鼻孔噴出溫熱的酒氣。他笑嘻嘻地走到我身旁，我瞪著他那張黝黑粗糙的臉——紅通通的，笑起來的魚尾紋旁邊，蕩漾著酒意。

「我在等人，但不是在等你。」

我在等叔叔，但不是在等你這種叔叔。

我在等的是跟你一樣愛喝酒，喝到酒精中毒掛掉的爸爸的弟弟，那才是叔叔。是他走進破碎的酒瓶堆裡，小心翼翼地撿起我。還記得那天，我窩在牆角，眼看著天就要黑了，只有我還在等待，等待著奇蹟的降臨——

霹靂卡霹靂拉拉，波波力那貝貝魯多，帶我穿越時空吧！

我多麼想穿越時空，奪下爸爸手中的酒瓶。扭開每一枝酒的瓶蓋，把那些酒全部倒掉……那樣做的話，爸爸就不會醉死，媽媽就不會和爸爸起爭執。那樣做的話，媽媽就不會活生生被酒瓶砸到失去意識。

霹靂卡霹靂拉拉，輕鬆開朗！

此時我倚著牆，有一位染著酒紅色大波浪長髮，身穿桃紅色長洋裝，搭配黑色短靴的女人，冷冷地瞥了我一眼。她以非常緩慢的速度，碎步朝我走來，和我一起站在牆邊。

拍拍抨呸，溫柔優美！

又一個穿著V領襯衫，搭配橙色皮裙，頭髮染成金黃色的女人和我們連成陣線。

帕美魯克拉魯克，樂音高亢！

紅色橘色粉紅色紫色藍色白色。小魔女DOREMI。美少女戰士。姊姊妹妹站起來。左顧右盼，和我一起站在牆邊的女人們，數量是越來越多了。我忍不住向她發問：「姊姊，妳們是不是也在等人？」

「學生仔，閃啦！」

馬尾女人很快把陌生叔叔帶走了。

桃紅色洋裝女人，迎向另一個陌生伯伯，含笑攙扶著他走開。

就這樣，在美少女戰士的包圍下，我度過漫漫的國中三年。我總是很有耐心，很有耐心地等著。即便我終究沒有等到奇蹟降臨，沒有等到爸爸復活，也沒有等到媽媽清醒……十多年就這樣匆匆過去，可是我並不埋怨。

時光無從修復所有破碎的事物，卻是最溫柔的導師。

躍過時差，我終於明白陌生中年男子的那一拍，那一句「小姐，妳是不是在等人」，渴望的是什麼。跨過這十年，我終於躋身美少女戰士的行列。輪到我上場了，我快樂地脫去學生的裝束，為自己上妝打扮。

拍拍手。華麗轉身。魔幻舞台。

我終於學會製造極光的魔法。而這是時光分內之事了。

○

這是我最後一次寫信給你了吧。

絮絮叨叨說了那麼多，連極光的事都說了，不知道你會不會討厭。反正你也不會回。我也不知道信是不是真的有寄到你手上。

說起來還真是無奈。是不是所有人之間的關係，都將因著時光的慣性，注定要走向幻滅和終結呢？倘若時間能停留在最美的那一刻，那該有多好。鑽石恆久遠，一顆永流傳。永恆多麼美麗，連廣告詞都主打永恆——若是所有燦爛時光都能被定格，那該有多好。

所以人類才發明了攝影嗎？

看著阿美的辦公桌上刻花相框裡，那張泛黃的全家福照片——相片裡的所有人都笑著——讓我想起，在我年紀很小的時候，爸媽明明還是很恩愛的。是在幼稚園或小學的時候吧？每到週末，他們一人牽起一手，帶著我去大學校園散步，全家去逛夜市。那時候我的家庭真可愛，整潔美滿又安康，父母多慈祥。

好景不常。

誰能料到才短短幾年，爸爸生意失敗，欠了一屁股債。

還記得那天晚上，爸爸沒有回家，媽媽很焦急地找來叔叔。叔叔說，從小到大，爸爸都很順遂，從來沒失敗過。這次他不小心跌了跤，不知道會不會再也爬不起來了？叔叔很好心地為爸爸還了債。

討債集團走後，爸爸回來了，渾身都是酒氣。他開始瘋狂酗酒，就連廁所和神明廳都堆滿酒瓶，走到哪裡就喝到哪裡。只要喝醉了，他就揮起拳頭，揍玻璃、打窗戶、捶牆壁……他沒有任何清醒的時候。

國二那年，爸媽沒了，我住進叔叔家。

叔叔是好人，不會亂打我，也不怎麼罵我。叔叔從來不酗酒，不會拿酒瓶打人。叔叔非常海派。叔叔只是很喜歡賭，花錢很豪邁。叔叔是無懼無畏的賭徒性格。

上班以外的時間，叔叔總是流連在麻將桌、電子遊藝場……。

高一那年，我開始跟著叔叔一家四處轉學。兩年後，嬸嬸終於受不了，她才訴請了離婚。我跟著嬸嬸搬了最後一次家，才安穩地，把最後一年的高中讀完。

那段常常轉學的日子，我覺得自己就像夭折的蒲公英種子——大老遠飛到一個地方，來不及落地生根，便又被狠狠地拔除了。然後，再繼續飛、再繼續長、再拔……。

因為這樣，我才沒辦法和人建立長遠的關係嗎？

我厭惡毫無預警的別離。我總是在關係穩定之後，依依不捨地，主動轉身離去。爛漫時光既然無從定格，那麼且讓我以我的方式，把時間喊停。我要把所有關係都留在最圓滿的狀態，不放任，不讓它自然而然地走下去。

因為我知道：再這樣下去，總有一天，我肯定會傷心。

○

你明明知道這些。我好不容易終於相信。

你為什麼要突然拋棄我們的關係，沒有理由地離我而去？

關於未來，我們不是說好了嗎？過幾年等工作穩定了，要一起去冰島。要一起去看極光。要一起環遊世界。要一起搭建我們的屋子。要一隻貓。要一隻狗。要一隻天竺鼠。甚至，要一個小孩……

那時你描繪的未來願景，是多麼豐腴。甜滋滋的，將我餵養地發胖。

雖說瘦下來也好，可是能「感覺到好」，那又是後話了。就像是祝福和感謝的話，在給你持續寫了這些年沒有回音的信之後，時至今日，我才終於吐得出來。

幸福和肥胖一樣罪惡。

我由衷祝福你，也真心謝謝你。

謝謝你毫不留情，一腳把我踢開。我很慶幸分開了，沒和你在一起，沒讓我變成聒噪阿美的樣子。上禮拜阿美才被那個男人浪漫求婚呢！我卻憂愁地預感：阿美的婚姻，注定要亡。

幸福終歸只是幻象，不如去看極光。

○

在我開始抱持輕鬆的心情，去看待人和人之間的關係之後，我發覺，這個世界似乎變得不太一樣了。

這或許就是欣賞極光的祕訣。

我很隨意地，任他們領著我到達，作為交換，我應許他們另一個極樂世界。

說到極樂世界，我很想和你分享，這些日子以來，我遇見各式各樣的人。

美少女戰士當得久了，總是會和某些人熟悉起來。像是與皮卡丘走天涯的小智，久了，和火箭隊之間，或許隱約生出了革命情感也說不定。我開始和某些人產生了默契，在固定的時間約定見面，做固定的事情。

有時候，沙必思，加量不加價。或者加時間不加價。

十五分鐘的旅程，延長至三十分鐘，甚至一個小時，我也樂得很。

比如說，我遇見第一位癖好特別的人，便帶給我十足的快樂。

比起無聊透頂的學校生活，拋去那張讓我喘不過氣的面具，戴上另一張面具——那真的是極樂世界了——他要求我扮成尼姑，他扮和尚，和我相約一起去寺廟拜拜。

我們捻香，按照廟方的指示，拜完一圈。首先是天公爐，再來是關聖帝君，文昌帝君，城隍爺，土地公……最後是虎爺。我們很虔誠地鞠躬再鞠躬，插完最後一柱香，才遁入無障礙廁所，一邊大戰，一邊背誦心經。

（啊。觀自在菩薩。行深般若波羅蜜多時。嗯。嗯嗯快。照見五蘊皆空。度一切苦厄。舍利子……）

不得不說，這樣的經驗雖然怪異，卻非常刺激。

每個週六的早晨，我總是迫不急待地為自己戴好假尼姑頭，披上灰色的袈裟走進寺廟。虔誠地捻香，祝禱……偶爾還有香客會找我解籤詩呢！我彷彿開啟了漫漫人生中的另一種可能，彷彿和另一個時空的自己偶然撞見。

我也曾遇過一位外省老伯伯，噢，他的年紀很大，老到做不動了。我和他是在牆邊認識的。伯伯的預算很有限，很少人願意服務。還記得，那天突然下起了大雨，他為我撐起一把五百萬大傘，我們的故事就此開始。

老到做不動了，也沒什麼。我攙扶著他，走進潔淨的房間，擦乾淋溼的身體。後來，他從包包裡，拿出一大袋的甜甜圈，他輕輕地摸著我的頭，要我叼著灑滿糖粉的甜甜圈，讓他看著自慰。

伯伯的故事，很讓人難受，也有一點離奇。

他經營的麵食館，餵飽不少家庭，年輕一代卻沒人要接。退休那天，他親手擀麵，做了孫女最愛吃的甜甜圈，等她回來慶祝。沒想到他的乖孫女，卻在回家的路上，被車撞死了，來不及吃甜甜圈。

那段日子，我的邂逅無數，能跟你分享的故事很多。有時候，我甚至想著，反正時間很長，我們之間，有沒有再相遇的可能？遇不到也就算了。我在很多人身上，都看見了你的影子。我大可以截取他們的一小部分，拼湊成你。

後來，我遇見了一個很有趣的人。

那陣子我很少寫信給你，因為他的出現，我幾乎要把你淡忘了。他的學歷好，外文能力高超，英文日文都會一點。他在銀行擔任經理職，說起話來正經八百的。然而，他卻是個狠角色，他是角色扮演控。

他超有趣的！他聽到我的暱稱叫作「小咪」，竟然用很嚴肅的語氣問我：「妳應該不會介意我扮成小叮噹吧？」

不介意。

於是他穿上圓滾滾藍色厚重布偶裝。

惡趣味。

亢奮的時候，他老是激動起來，一邊撞擊一邊大喊：「有……鼩……有老鼠、有老鼠啊！」

後來我才知道，原來這個人，和小叮噹頗有淵源。

哦，別誤會了！他沒有百寶袋，也不是小叮噹迷。只是，他的本名就叫作王聰明。也就是現在，新版哆啦Ａ夢裡面，那個聰明伶俐的讀書小生——出木杉，小杉的舊名。

「這個名字，是我阿公取的。那時候他失智很嚴重了，每天看小叮噹，跟小孩一樣，看得很開心。阿公說，所有的角色，他就最喜歡王聰明，所以我爸媽就這樣取名了。」

語畢，他溫柔地將我摟進懷裡，輕柔地觸摸我。

靠在他身上，我第一次發覺，這身藍色布偶裝，原來是純棉製的，靠起來很柔軟舒適。那是我第一次，沒有嫌棄他身上的布偶裝累贅。我終於不再急著要阿明脫去笨重的角色扮演服，不急著碰撞，試著聊一點彼此的小事。

我開始喜歡倚在阿明身上，和他分享彼此的生活，聊天聊到睡著。

阿明的聲音，和布偶裝一樣，柔柔、暖暖的。

「小咪，謝謝妳陪我玩這麼荒誕的遊戲。其實，我已經厭倦老是扮演王聰明這種模範生的生活了。」

我想，我和阿明——不，是和小叮噹——我們應該會成為還不錯的朋友吧？當朋友就好，我已經不怎麼渴望戀愛或婚姻了。只要定期有幾個伴能夠聊聊天，打打炮就好。

阿明特有的厭世書卷味，雖然我是有那麼一點喜歡，我們還是當朋友就好。

沒有負擔，不用承諾，不用承擔心碎的風險。幸運的話，老到做不動的時候，若是能和他一起在公園散步，聊聊天，我就很滿足了。

○

我的信就先寫到這裡了。

反正你也不會回。我也不知道你是不是真的有收到。

就這樣吧。我會認命地回歸我自己的生活，繼續在阿美阿富學生們之間忙得團團轉，繼續陪阿美逛街買衣服，陪著她胖了又瘦了。你也要盡力過好你的，啊，不對，你早就開始新生活很久了。

沒有怨恨的意思。這樣很好。

生活本來就要好好過的。希望你能保重。

再見。

交換身分棒

道具說明：樸實無華的棒子。握住它的兩端，兩個人的身體互換，靈魂不變。

豆知識：你知道嗎？大雄想當明星。明星也想過要休息。大雄跟瑪莉（aka 唱跳歌手）互換了身體。瑪莉覺得大雄的身體很噁心。大雄不會唱歌，覺得當明星好累。

是這樣的，這是一封遺書。

不知道這樣寫，是不是具有法律上的效力。

倘若我突然心肌梗塞暴斃，或者意外地在某場車禍或空難中死去……希望讀到這封信的人（應該就是現正閱讀中的你？）為我安葬之餘，能在墓碑上，刻上我的墓誌銘：「身為胖子，我很抱歉。」

倘若我不小心掉了這封信，或者身為親友身分的你，來我家開趴的時候，在客廳那張粉紅色絨毛沙發的縫隙（你應該知道的，我下班之後總愛窩在那裡看連續劇看到睡著）或隨便一處的地板撿到它，請不要皺眉。

請不要以責備的目光，指著信裡的字句，怒斥我何以老是愛亂想。也請不要深情款款地擁抱我（忍耐著因為環抱不住，肌肉正痠疼不已的雙臂）在我耳邊低語：「妳會健康平安到老的。」

如何健康地活到老，那是你們的事。

把我遺忘在海邊吧！

身為一個身高一五五公分／體重八十公斤／D罩杯，人稱「龍族」的女胖子，我祝福您幸福健康。

○

怎麼樣？我如此友善的態度，是不是符合你對胖子的印象？

喜歡我這樣子，對所有人露出暗地裡練習千百次，精算過角度，看起來不至於滿臉橫肉的，憨傻無害的笑？喜歡我這樣溫柔對待所有人，凡事語帶祝福，遇到可能的衝突就默默退讓的圓融個性？

我很努力的。希望你真的喜歡。

大學的時候，曾經流行過一句胖子惡女的口號：「肥胖紋？Fucking Hot！」還記得，舉牌子的，是一個和我差不多重的女人。她在同志遊行的時候，幾乎裸露上身走在凱達格蘭大道上，只有胸前的兩個奶頭用 fuck me 的黑色塗鴉遮住。

Fucking Hot！在茫茫人海中，她高高舉起了這樣的牌子，刺激大眾對胖子重新想像。不得不說，她成功引起許多人的短暫注意，然後，就沒有然後了。

接受專訪的時候，她們對著鏡頭擠眉弄眼，每個人都化了誇張的煙燻妝。肥胖的身體，明明很難全部入鏡，她們卻非常驕傲。各個捨我其誰的姿態，很自信地，對著麥克風怒吼：「我們想要讓大家知道，胖子也可以很性感！胖子也有自己的情慾，當然也可以發脾氣，誰說胖子一定要好脾氣啊？」

當時看到報導，我只覺得不以為然。

特別是她們很愛用的那句話，自以為新潮的 hashtag：「#我就是你們的妖魔鬼怪」。她們說得非常流暢，旁觀者我，卻覺得很難為情。奇怪，這些人是缺乏常識嗎？自古以來，有哪隻女鬼是胖子啊！即便是恐怖的厲鬼，你看看最為人熟知的聶小倩——人家還是很瘦，人家還是美得很有格調。

於是想著，有朝一日，我肯定要將這分感觸寫進遺書裡。

且讓我鄭重地告訴你，如果你也是胖子，請你務必切記，身為胖子，發脾氣本是不允許的，更遑論成為惡女。你都已經夠胖、夠醜了，脾氣還死不收斂，豈不是要成為技安妹了？這是我活了三十多年，學會的胖子哲學。深怕死了之後失傳，先記下來給你。

你不要怪我多事。

如果可以當瘦子，誰想當胖子啊？

我想，我比誰都還要明白瘦的好處。雖然說很久、很久以前，我曾經是個窈窕的瘦子。高中以後，我的體重卻再也回不去了。那個差別待遇之大，我花了很長一段時間才調適過來。

那是他們不懂事，胖子其實也很可愛？

不，你不要跟我扯什麼渡邊直美。

我知道渡邊直美，她是日本超紅的胖子藝人。我早在大學時代，就聽見過她，台日混血，身高一五五公分，體重一百多公斤。

爆紅的她接受台灣雜誌專訪，臉書塗鴉牆上一堆人瘋狂轉載訪問連結。甚至，還有男生打出驚天地、泣鬼神的一行字：「這輩子，非渡邊直美這樣的女生，我不愛！」

我看了簡直反胃。

打出那行字的男孩子我認識。他是個熱中健身的肌肉男。

事實上，我非常懷疑，是不是連他的腦袋，也塞滿了僵硬的肌肉？

在校園裡他突然拍了我的肩膀，稱讚我長得漂亮，很想和我合照。我們交換了聯絡方式。每天晚上，他自顧自地丟訊息給我，要我傳自拍照給他看。

「妳好美。」

「妳根本是我的理想型。」

「啊，我真的好想揉，想揉妳的肚子跟屁股。」

「拜託妳穿無袖好不好？我真的好想舔，舔妳的副乳……」

他傳來的訊息，越來越沒有分寸。

我無視他的訊息，卻留意到他分享了渡邊直美的專訪。他是真心喜歡渡邊直美！只看他的貼文的話，我願意樂觀地想：好吧，也許這個人並不壞，只是不知道怎麼表達。

然而，過不了多久，他竟然晒出了與女友的合照。照片裡纖瘦的她，穿S號的衣服都嫌寬鬆。

不知道是不是找不到合身的衣服？後來，她甚至連衣服都不穿了。照片裡，她穿著清涼的比基尼，在海邊被他輕巧地高高舉起。他們對著鏡頭，露出最燦爛的笑容，明朗地昭告天下，他們正穩定交往中。

開玩笑，胖女孩誰來愛？

渡邊直美自己都說了，希望自己的感情運能好一點。下次要交一個善良的男朋友，要找到真心愛她的好男人——不要再識人不清，不要再遇到渣男。

可是很難啊！直美。

要知道，渣男就跟蟑螂一樣，打不死，四處都是。更何況，胖女孩就像是無人採摘終至落地發臭的腐敗水果，得不到正常人類的愛，專門引誘垃圾靠近。

我是真的很喜歡渡邊直美。我在她身上，看見了自己的影子。母豬。醜女。

我們根本是活該被嘲弄。

可是，說到底，被嘲弄又怎樣？

被嘲諷慣了的人，久而久之，或許總是能練就特異的技能。

我姑且稱之為「諧星自我催眠術」，只要懂得笑，就不會恨了！

身為一個指標性胖子諧星，只要先別人一步，把自己整個人摔出去，只要夠憨呆，只要你笑笑地摔得鼻血直流，那就是善良逗人家開心，那就絕對不會是霸凌。

所以你看，螢幕裡播放的美妝廣告，什麼「直美的超強化妝術」啊？

那其實都只是胖子諧星的美麗包裝。坦白說，有誰在意直美噴哪牌化妝水，誰在意直美怎麼上妝？觀眾們真正想看的，是直美把 SK-II 化妝水倒在手上，大力拍動自己肥軟的臉頰……。

什麼「胖子時尚」？不過是風尚界的畸形種。

大家都不要再自欺了吧！比起欣賞直美的妝容，多數人喜歡的，還是看直美吃飯。看她在綜藝節目上，表演一口吞下大坨的韓國烤肉。看她在旅遊節目上，如何把一整塊牛排拋進口中，上下顎如何使勁地切斷肉塊，如何猙獰地吃掉整桌合菜，卻不會吃掉嘴巴上的口紅……。

當不了網美，那就當直美。

正所謂，人醜沒有關係，但是要長得流行。只要醜得率真善良，也足以構成一種時尚。可愛善良的直美，是胖子界的楷模。在我讀大學的最後一年，直美奮力從諧星轉型成唱跳歌手，終於登上萬人舞台，穿上金色流蘇短裙，大力甩動屁股，唱唱跳跳。

惡女「肥胖紋？Fucking Hot！」成為異類多麼痛苦，多麼不容易。那群肥胖的妖魔鬼怪們，終究是隱沒在西門町的辣妹人群裡了。

○

在我發胖前，我還真喜歡西門町呢！

西門町充滿了我童年的歡樂回憶。小時候，爸媽常帶我到西門町閒晃，吃飯買衣服。國二那年，我偷偷和家教哥哥交往了。他明明是個文藝青年，卻常常拉著我往熱鬧的地方去。

家教哥哥說，西門町之於台灣，就像是涉谷之於日本。只要在街上晃一圈，就能知道最新的流行服飾和話題。

那陣子，每個週末，我們都去西門町看電影。電影看完了，就沿路玩娃娃機，掏出最後的幾枚銅板，換盜版的玩偶。那是國中生純純的愛。逛膩的時候，我們就去早就歇業的門卡迪咖啡，呆坐一整天。

家教哥哥把我們的約會，謊稱為「戶外教學」，讓爸爸媽媽相信只是換個環境複習功課。我們的約會非常純情，就是牽牽小手而已。所以請不要擔心，也不要拿起電話準備報警。

雖然《第三個舞者》早就出版了，可是這位家教哥哥並沒有這麼文青，不是駱以軍的書迷。自然不會變態地爬上我和我的母親，壓著我，雞巴地要我大喊：

「解除壓力、解除壓力！」

要是家教哥哥真的壓下來，我想我會解體。

畢竟，國中的時候，我還只是個身高一五〇公分／三十二公斤的平胸少女呢。平胸，但是受歡迎，多麼天真無邪的年紀。那時我擁有異常纖瘦的身體，薄亮透光的肌膚，緊黏著骨頭。身材毫無曲線可言，卻是我人生中最輝煌的時期。

我和家教哥哥手牽手約會，偶爾，會在西門町被同學撞見。

那時班上同學們眼中是崇拜和欣羨。

「她可以跟大學生交往，一定有什麼過人之處吧？」

我在班上的地位逐漸攀升，很快便贏過風雲人物宜靜了。

宜靜是班上最漂亮的女生，不只氣質出眾、功課好，還有個讀建中的男朋友。

宜靜的男朋友是建中生，那有什麼？

穿著卡其色制服、臉頰狂冒青春痘的少年，站在從容瀟灑、自由不羈的大學生面前，很快地敗下陣來。同學們馬上拋棄他們跟從的公主宜靜，蜂擁而至，樂得整天纏著我問：「妳和大學生交往是什麼感覺？」

其實還能有什麼感覺。

我卻總是故作神祕，語帶保留地答道：「嗯，確實會和他做很多很多……和一般人不會做的事情。」

但其實，到底是能做什麼事情。

我越是故作神祕，同學們便越來越好奇。宜靜在人群裡的光環，越來越黯淡。

下課的時候，她們抓著我閒聊，交換保養品和穿搭的資訊。甚至有人要找我感情諮詢，陪我走路回家，要陪我一起去廁所。

我突然成為了鎂光燈的焦點。

茫然地站在舞台上，看著愛好八卦的同學們，一個個將麥克風堵在我的嘴邊。突然失寵的宜靜，變成乏人問津的女配角。不再有人對宜靜的建中男友感到好奇，不再有人放巧克力在宜靜的桌上，不再有人特別稱讚宜靜可愛……。

漸漸地，宜靜從教室真正的後排搖滾區，挪到和俗事絕緣的乖寶寶第一排去了。漸漸地，宜靜開始請好幾個禮拜的長假，死都不來上學。國三那年，宜靜突然轉到別的學校去了。

○

「那時候，我們不應該聯手排擠她，把她當成空氣的。」

多年後的同學會上，有人突然提起宜靜的事件。

她們一致認為，是「我們」共同欺凌了宜靜，想連絡她參加聚會，鄭重地向她道歉。看著她們愧疚的眼神，我不可置信地，回溯我的中學記憶——我們？欺凌的集合體，難道我也在其中嗎？

真要說的話，我，不過是導火線吧？

我從來都不願意疏遠宜靜，卻在無意間，埋下炸彈的引信。還是最易燃的那種，起一點星火就爆炸。不僅連累了無辜的宜靜，我自己也全身著了火，私藏著不能說的祕密。

十幾年了，這個不能說的祕密。

既然是遺書，我終於可以安心說出口了吧？我忍不住暗自祈禱，希望讀到這封信的你，不是我先生，也不要是我爸媽。雖然說穿了，其實也沒什麼，但我還是擔心你承受不住——

我從來沒想過要排擠宜靜。

我非常喜歡宜靜。

不是朋友的那種喜歡。是想要占有，超乎友誼，存在愛慾的那種喜歡。

而且我想，我應該會偷偷地，祕密地喜歡她一輩子。

○

寫到這裡，我彷彿看見了你疑惑的眼神。

在聽完這麼多莫名其妙的故事之後，你當然有資格，當然可以大聲質問我：「既然妳喜歡宜靜，妳又如何解釋家教哥哥呢？妳國中時期的戀愛，那又是怎麼回事？」

我又不愛他，說要跟他交往，當然是騙他的啊！而且還順便騙了大家。

家教哥哥於我，只是個美麗的錯誤，煙霧彈而已。

和家教哥哥交往之前，我是班上最不起眼的小人物。我刻意交往大學生男朋友，只是因為，我以為這樣宜靜就會注意到我了。我想著，只要打入她們的小圈圈，只要沾到戀愛話題的邊，宜靜就會發現我，靠近我，然後我們就會有祕密可以交換了。

比起牽著家教哥哥的手，我更想要挽著宜靜，和她一起逛西門町呢！

我想和宜靜聊少女的戀愛話題。我們要手牽著手一起吃霜淇淋。我們要一起看電影，一起逛街，一起買衣服，一起玩扭蛋和娃娃機。或許還一起繞去巷子裡的內衣店，一起試穿粉紅色碎花小可愛內衣。

啊，我這樣算是出櫃了嗎？

有點害羞呢。甚至還覺得有點不要臉。

畢竟，即便你是個狂熱的百合控——今天你聽聞一個噁心的女胖子，公開自己喜歡的對象，竟然是纖細瘦美，仙女下凡般的女孩子——你應該也會想罵我癩蝦蟆想吃天鵝肉、噁心！

不，你不要跟我說什麼沒關係啦！

你不要跟我說什麼，就算我長成這樣，也還是有人愛啦。什麼什麼，現在大家都對同性戀很友善很包容啦。現在的性別風氣很開放啦，隨便上 tinder 就能找得到伴，不愁找不到人愛，不怕找不到人幹。同性戀都可以登記了，不會再有人自殺了啦……的這種話。

不要急著勸我。不要急著同理我。不要急著標籤我。不要用那種眼神看我。

每個時代都自有它的悲劇，可是每個人，每個人都有自己的故事。

國三那年，我的作文成績沒有起色。

宜靜轉學後，我們的祕密約會被爸媽抓到。沒多久，我便和家教哥哥分手了。

辭退他之後，爸媽也沒有閒著。

他們立刻為我找來了第二位家教哥哥。

第二位家教哥哥，可以說是第一位家教哥哥的升級版了。

Version 2。Level up。

舉例來說呢，他們的閱讀品味，根本天差地遠。第一位家教哥哥讀的書，比較老派。他熱愛張曉風的散文，余光中的詩，龍應台的小說……那些書，我沒讀幾頁就想睡了。

至於第二位家教哥哥，他就超級強的！

從他床頭擺的，隨便挑一本咖啡色封面的書，就是沒看過的小說。多虧了書最前面，據說是權威學者寫的，詞藻華美的序……我差點沒懷疑，那些他鍾愛的小說，不過是精心包裝過的 A 書呢！誰叫它們一本又一本的，總是在做——

做愛做的事。

家教哥哥 2.0 最愛對我做的事，就是把我壓在他的床上了。

哥哥先是要我發揮想像力，把舌頭想像成混泥土預拌機，伸進對方的嘴裡，互相攪拌。緊接著是愛撫！哥哥說，妳現在是一個只要被我摸到，就會呻吟顫抖的小娃娃哦！

這一次，我們更聰明了。

我們的約會，是直接去家教哥哥家，和他的妹妹一起練習寫作。

爸媽不僅很放心，甚至還樂得很呢！他們大概是想，家教哥哥的媽媽是國文老師，很方便指導我。我們沒有說的是，練習寫作的時候，家教哥哥總是會支開妹妹，把我帶去他那個發光的小房間。

來，阿美，讓我們翻開課本第38頁——

「有一次他告訴我，他和他正在家教的那個女國中生搞上了，他說他一邊搞，還一邊要那個差兩個月就要聯考的女孩複誦著跟他喊：『解除壓力！解除壓力！』我說他媽他色情漫畫看太多了。但是過兩天他跑來告訴我，他連那女孩的母親也搞上了，他們本來是個單親家庭，那個母親自己開了一間自助餐店。現在他在他們家裡的角色就像那個虛懸已久的父親……」

我想，與其說家教哥哥是文藝青年，不如說是酷愛實踐的熱血青年吧！

聯考那一年，我乖巧地跟著家教哥哥的安排走，一遍又一遍。

哥哥說，這是寫作場景練習，要我好好地做。

於是我扮演起了自厭自棄，越自苦，越美麗的蘿莉塔。我是美豔的純情少女，一層又一層的俄羅斯娃娃，沒有任何的底線。同時我也扮演起懷了孕，全身痠痛，正熟睡著的母親。我很沉默地放任，任他將握拳的手，整個放入我溫暖的那裡面。

家教哥哥是個不折不扣的故事狂。不折不扣的變態。

雖然不得不說，寫作場景課，起初還滿有趣的。可是走到後來，除了一點點台詞更改，我扮演的角色，橫豎都只是被幹而已。終歸是很快便玩不出什麼新把戲了。

到了後期，我非常討厭家教哥哥的國文課。可是，後來我的基測作文，卻如願拿了六級分。我賭氣不寫所有家教哥哥教會我的抒情方法。無論什麼題目，我都寫成論說文。

儘管一開始遇見很讓人傾心，可是後來他的所有碰觸，都讓我厭惡。

家教哥哥和我的關係，讓我忍不住懷疑，我接近宜靜的方法，是不是也出了錯呢？錯了也沒有關係。就算被宜靜或全世界的人討厭也沒有關係。我只希望自己永遠不要討厭宜靜。

要如何永恆地喜愛一個人呢？要如何避免失敗？唯一方法，或許就是遠離。把自己藏起來，盡全力滾得遠遠的，不要真正地靠近。

○

升上高中之後，爸媽再也不幫我請家教了。

他們帶了大把的錢，拎著我到南陽街，挑了一間升學率最高的補習班，把我扔了進去。我是第一次去到這樣豪華，規模如此盛大的補習班。

爸媽繳錢之後，櫃檯的姊姊引著我走進一間寬闊、無人的教室，把五份厚厚的試題本，還有五張答案卡丟給我。

我正疑惑著，不知道發生什麼事。姐姐快速且冷靜地，從口袋裡掏出計時器，機器人的語調說道：「從現在開始，作答時間兩個小時。我們會按照妳的程度，把妳分到合適的班級。計時開始，請作答！」

A……B……C……D……E……

後來我被分到D班。

D，又唸作「豬（ㄓㄨ）」，和我後來的處境像極了。

話雖如此，在我慢慢習慣之後，其實我還算是喜歡親愛的D班。

D班人數眾多。偌大的教室足足塞滿一五〇個學生，週三和週五晚上固定時間開課。夏天的時候，冷氣門關起來，高中男生的汗臭味瀰漫整間教室，瀰漫我的青春。噁爛的氣味，是學生時期的頑固低音。

上課以前，例行的隨堂考，一五〇人同時翻開考卷，像極了一五〇隻候鳥，同時拍動羽毛，一同振翅，筆直地朝天空飛去。

然而我老是遲到。

我是擅長脫隊的人。

我喜歡先去附近的街道晃晃，手上拎一袋珍珠奶茶或雞排，才心不甘情不願地慢慢走去上課。我喜歡坐在教室最後一排，那是打混摸魚的最佳位置，也比較有機會遇見頻率相合的人。

比如說勝雄，名字裡雖然有個「勝」字，卻是扶不起的阿斗。可是比起廢柴，我更討厭無敵的模範生。我甘願把考試卷和作業，全部借給勝雄抄。代價是每抄一份，就要為我跑腿買一次飲料。

後來我和勝雄在一起了？沒有。

我仍舊日夜思念著宜靜。不知道現在宜靜過得好不好呢？在新學校，有沒有交到新朋友呢？那時候如果勇敢一點，在大家開始疏遠宜靜的時候，強力把她拉進討論男朋友的圈子，一起嘻嘻哈哈就好了……這樣她就不會傷心，也不會默默一個人躲在教室的角落哭泣。

高三那年，我曾在補習班教室裡，瞥見了神似宜靜的身影。還來不及堵她，就被趕著下課的同學們擠散了。

我想，我是自那一刻放棄減重，決定成為一個超級大胖子的。

○

當一個胖子多好。

肥，醜，體積龐大，卻根本不會真正引起誰的在意。

醜比頭。棲居於城市會行走的裝置藝術。身上的脂肪，其實都是刻意安裝的造型。標誌這個人飲食毫無節制。標誌這個人骨子裡賤。標誌這個人好吃懶做，不愛惜自己，不願意努力。

在潮溼黏膩，豬圈般塞爆一百多人的D班裡，ABCD，告嘎低。身為脂肪最多的胖子，連豬也不是，不過是一塊會呼吸的肉。沒有資格成人，甚至連D的身分也丟失了，活該被欺負嘲弄。

自保的唯一方法？我之前跟你說過了。

自保又足以討人一點點喜歡的唯一方法，便是給自己畫上和善的油漆。果斷摔跤。果斷露出癡愚的表情。果斷成為眾人的笑話。讓人們圍著嘻嘻哈哈。

當一個胖子多好。

只要成為眾人取笑的標的，宜靜就會自動靠近吧，會再看見我吧，會再向我炫耀起她那位建中的男朋友吧？宜靜是喜歡流行和熱鬧的人，我相信人多的地方，遇見宜靜的機率肯定是高的。胖子的體積那麼龐大，宜靜應該可以在人群中一眼就認出我吧。

當一個胖子多好。

脂肪也可以成為一種防禦。我開始瘋狂喝起珍珠奶茶，每餐都吃炸雞，放任全身上下開始豐腴。只要降低外表的殺傷力，這樣就可以襯托出宜靜的可愛了吧。

當一個胖子多好。

自那一刻起，我努力跟胖子諧星的行列看齊。給自己的終極目標，是聚集起所有西門町愛笑愛鬧的人群，又不會搶走宜靜的鋒芒。

當一個胖子多好。

不知道渡邊直美的人生裡，是不是也存在一個宜靜？

俐落的短髮造型。精巧的臉上，鑲著雙眼皮大眼睛，小巧的鼻子，櫻桃般的嘴巴。那是一張靈氣滿溢，狐狸似的白皙臉蛋……像極了年輕時，青澀俏皮的廣末涼子。

我深愛如此美好的宜靜。

我心甘情願搶在再度遇見宜靜之前，不惜噎死或撐死自己，將渾身的脂肪囤起。

○

身為胖子，我很抱歉。

然而我這身豐厚的脂肪，是我今生所能為愛人準備的，最真摯的禮物了。

我祝福您身體健康。

人生重來槍

道具說明：扣下板機，你可以選擇回到某一天，讓人生重來。

豆知識：你知道嗎？小叮噹的百寶袋裡，其實並沒有這個道具，純屬網友虛構。

轉眼間，又是冬天。

看著手臂貼上白色毛絨翅膀，打扮成天使，挨家挨戶報佳音的小孩子們，還有沿路發糖果的聖誕老人……雅琪突然想起來，認識他的時候，是聖誕節。

印象中，那年的冬天似乎來得特別快，又特別冷。

還記得那天，氣象預報說全台灣都會出大太陽。穿著短袖上衣和短裙，為了減少行李而不帶羽絨外套便北上的她，卻被反將一軍，整整抖了三天的冷顫直到離開台北。但也不該說是氣象局的錯——雅琪寧願敦厚地想——或許高雄人，本來就不會知道真正的冬天是怎樣的。

高雄和台北，是完全不同的兩座城市。

高雄和台北的距離有多遠呢？

潮州開往七堵的一〇八次自強號。五個小時車程，八百四十三塊台幣。

那是清晨六點，雅琪在月台上伸伸懶腰，毫不在乎地翹掉整天的課。連續打了三個哈欠，腦袋卻清醒無比。也就是缺氧而已。只要在車上翻完半本小說，便能和久違的遠距離男友好好吃一頓午餐，一起度過三天的聖誕假期，連瞌睡蟲都興奮起來，雅琪怎麼還睡得著？

說是遠距離的男朋友，現在，是「前男友」了。

那時候他們都還年輕，還不明白，人生存在著各種可能。

二十二歲，跨過年，頂多也才二十三歲，他們卻時常調侃著自己老了。時間以光速前進。眨眼間，大學四年庸庸碌碌的同居生活，就這樣過去。

他們一南一北考上研究所，約好撐過這幾年，出社會後即登記結婚成家立業。人生像自強號一站又一站，火車般轟隆隆直線駛向終點。每經過一站，他們便又更老一些。

○

查票的車長從車廂的另一頭緩緩向她走來。

不知道是不是錯覺？雅琪隱約聽見一首台語歌，從車長腰際的對講機傳來。明明是熟悉的旋律，卻記不起歌名。對講機裡的女人，斷斷續續，沙沙啞啞地，用鼻音唱著歌。

火車頭？車站？好像是一首有關鐵路的歌。她唱的是張秀卿的〈車站〉嗎？還是潘越雲的〈純情青春夢〉？不知道受了什麼委屈，她以哭腔唱著：「路袂停，心願完成，愛恨恩怨攏是情的一生……」

雅琪不再想正確的歌名。

畢竟，悲怨的年代，早就過去了。

然而，當時還年輕的她，怎麼可能想到根本不必經過一站又一站，人也是可以瞬間老去的。

那是無預警被轟出火車的時候。

那些人生終點之前的停靠站都不見了——什麼結婚生子、什麼生老病死，雅琪什麼也看不見，以為自己下車的那一刻，便直達終點站。

○

那天在台北車站，雅琪提著行李，從早上十一點十分等到下午三點半。

他沒有現身，也始終沒有傳來任何訊息。

是在忙實驗吧。老闆臨時叫他做事吧。昨晚趕報告，大概趕到很晚，所以今天睡死了電話也忘了開聲音吧……雅琪扛著行李走進捷運站，打算先到西門町的旅館放行李。

她突然想起前陣子流行的一個笑話。那是一張照片，前一班捷運剛走，載走所有月台上的乘客。台北捷運好冷清，台北的捷運都沒有人在搭，台北市政府應該檢討捷運效益……拍照的人這樣說，成為當週的頭條笑料。

台北捷運好冷清。

下一班捷運進站，車上真的沒幾個人。

雅琪拖著沉重的行李，順利地找到位子。本來應該開心才對，但是，此刻她卻笑不出來。台北到西門，很快到站了，雅琪卻突然懷疑會不會自己是鬼。車廂裡怎麼一個人都沒有？這個時間點，西門站應該塞滿了人才是。

走出捷運站，繞過西門紅樓通往旅館的路，雅琪再熟不過。

小小的旅館，是他們的家。他趕論文的時候，她便躺在旁邊補眠，睡醒便出門約會。他太累了，時常懶得出門，懶得找約會景點。反正，雅琪樂於付出，也樂於犧牲奉獻。他們的每一次見面，總是她找餐廳，總是她負責帶路。

那間小旅館，得繞過曲曲折折的巷子才能抵達。

像極了《哈利波特》裡描寫的九又四分之三月台。

它隱匿在破舊大樓的四樓。通往電梯門的一樓大廳，地板以殘破的舊紙箱蓋起來，上頭滿是灰塵和腳印。整座大樓分明公告「整修中」，卻不見施工敲打的痕跡。

走進大廳，雅琪避開保全的目光，直接步入電梯，按下四樓。電梯門關上之前，雅琪自門的縫隙，瞥見保全看了她一眼。不過幾秒鐘，保全的手又在底下上下動作了。

到了。

四樓到了。

電梯門一開，裝潢淡雅的旅館大廳，霎時映入眼簾。熟悉的木地板，令人昏昏欲睡的鵝黃色柔柔燈光。還有你一旦坐下了，便舒服得不願再起身的，白色沙發椅和咖啡色地墊。

雅琪彷彿是打開了一扇任意門，從骯髒可怖的廢墟，踏入溫馨充滿歡樂的靜香一家。華美的大廳，彷彿正對疲倦的旅人說著：「來，你一定累壞了。讓我們一起享用好吃的食物吧！」不只咖啡機咖啡豆可可粉熱水壺，大廳旁的大理石桌上，還放著剛烤好的手工麵包，供旅人們自行取用。

這不是背包客棧，這是旅人的家。

而家裡面最貼心的，就是旅館的櫃檯小姐了。看雅琪揹著大包小包走進來，她的嘴角上揚，露出甜滋滋的微笑——

「小姐您好，很高興為您服務，您要 check in 嗎？」

「對，我是上個星期訂房的，今天下午要入住的呂小姐。」

「呂小姐……您是呂雅琪小姐嗎？403 號房已經有人 check in 囉！」

「他已經在裡面了嗎？可是，不管我打多少通電話，都沒有人接……也有可能是睡死了，他這幾天寫論文好累。」

「這樣好了，麻煩呂小姐出示您的證件，我拿備用房卡給您！」

事不宜遲，雅琪快步走到403，拿出房卡。

逼逼。

推開門，房間的冷空氣，突然撲向雅琪。

又一次彷彿推開任意門，場景從暖呼呼的靜香家，轉向北半球極地。

然而，雅琪瞪大眼睛，卻遍尋不著北極熊或極光。倒是眼前那兩個人，難道是愛斯基摩人，不適應台灣的溫度嗎？房間裡的人似乎很熱，看也不看雅琪一眼，汗水直流。

這究竟是哪裡，又是什麼情況？雅琪被弄得糊塗了。

她倒退三步，揉揉眼睛，沒有看錯。那張靠窗的，粉紅色雙人床上，一對男女正盤根錯節地上下運動著。被壓在他身下的女孩，聲嘶力竭大吼著：「葛格葛格！解除壓力！解除壓力！」

床上的女孩，一邊喊一邊扭動，夾緊再夾緊。

遊入銷魂處，她奮力地掀開棉被，濡溼的床單上，露出筊白筍似的白嫩雙腿。

纖細，瘦弱，發育未完全。看著那雙腿，雅琪終於可以確定，她不是愛斯基摩人。再往下看，女孩圓圓的腳指頭微微泛紅，隨著一陣陣襲來的高潮而張開。腳底板上的淺紋路，小巧可愛，像極了烘烤前的，麵糰上輕巧的割紋。

未成年吧，那女孩。

看著他們涔涔的汗水，雅琪心想，台北的天氣，高雄人果然不懂的。

她悶悶地想著，他不是寫論文寫到腦袋壞掉，就是整個人融入台北這個什麼都可能發生的城市了吧？那說不定是一種新穎正流行的，台北人的生活方式。

前天晚上，他明明才說過，論文寫不完，撥不出時間見面。葛格葛格，解除壓力——看他的臉，爽成那樣，是誰解除誰的壓力？不顧她打開了門，他們持續動作著。

雅琪站在門邊，看他們相幹，看他們纏綿。

她才不哭呢，哭也沒有用。她的心情，根本沒有人在意。

她一直都以為，睡家教學生，只存在二次元劇本裡。

沒想到，他的二次元幻想成真了。

她自願退出他們的關係。

帶上門。返還房卡。

笑著聆聽那句「歡迎再次光臨」的時候，雅琪突然感覺整個世界，嚴重地缺乏真實感。

「我在哪裡？」

也許是她自己的問題。也許是她的腳步太慢。

雅琪想起他常常嫌她落伍。最顯而易見的例子是，人家都在用 FB、Twitter 或 IG 這些社群軟體了，就她還緊抱著部落格不放，不懈地在上頭寫著根本不會有人閱讀的日記。

確實，她總是走得太慢。

這一次，這幾扇門一開一闔的場景轉換，她甚至跟不上了。

關上門，雅琪彷彿將整個冬天的太陽，全鎖進那間雙人房裡了。

平安夜，漫步在西門町的街頭。有大學生的聖誕快閃，為路人獻唱歌曲，還有街頭藝人應景的表演和祝福。Merry Christmas And a happy new year。

可是祝福？雅琪要祝福做什麼。

雅琪現在最需要的，是一個能收留她一晚，安穩的住處。

雅琪撥了電話給在台北讀書的妹妹安琪，沒有人接。雅琪發簡訊給昔日的大學同窗，訊息卻送不出去。她這才想起，他前一天才在日本打卡，說要趁這幾天把特休用掉。

末班車早就開走了。

不知道這附近的網咖，還有沒有位子？

心一橫，雅琪走出徒步區，又拐了好幾條巷子。

終於，標榜著「住宿不到三百元」的網咖招牌，近在眼前。這一次，拜託不要再出什麼意外了吧！雅琪暗自祈禱著，緩慢地踱步走向前去。

然而，她卻被路邊的一個小攤子吸引。

暫停。

在通往網咖櫃檯的階梯停下腳步。

倒退。

緩緩地走回攤位附近。

「妳是賀太太，賀太太對嗎？」

顧攤位的，是一個男人。他被嘰嘰喳喳的三姑六婆們包圍著，卻不忘細心地和客人確認，要刻在戒指上的，是誰的姓氏，是誰的名字。

那是一個現場替手鍊或戒指刻字，兼具實用和表演性質的攤位。

雅琪是第一次，看到這樣的街頭藝人。

「對，我就是上次請你做金婚戒指的賀太太啦！可是今天，我瞞著我老公，自己帶姊妹仔伴出來玩」滿頭白髮，魚尾紋漾著笑意的老太太，此刻竟然很嬌羞地抿了抿嘴：「這一次，能不能拜託帥哥你在戒指上面，只刻我的名字？」

語畢，彷彿有誰施了什麼咒。

吵雜的阿姨和婆婆們，突然安靜下來。她們全都瞪大了眼睛，來回凝視著男人和姊妹們。

「婆婆，妳叫什麼名字？」男人微笑著打破沉默，和善地發問。

「夭壽哦，你哪會袂記得阮的名！」她憤恨地把戒指搶了回去。

眾姊妹聽了，不顧賀太太因為生氣而鼓起的腮幫子，嘻嘻哈哈地笑了。

轉眼間，咒語失效，打回原形。

眾姊妹又變回菜市場裡常見的，吵雜的三姑六婆。

好險賀太太還是有真朋友的。終於有人出面制止大家的笑，好心地提點男人：「她叫作『賀林麗珠』啦！你要記得去掉『賀』，她的名字是林麗珠。」

林麗珠、林麗珠、林麗珠……

男人溫柔地默念著賀太太的名字，拉椅子坐下，很輕柔地撫摸著手上的戒指。他很鄭重地固定住戒指，恭敬地拿起刻刀。刻刀和戒指相交的那一刻，男人的眼神無比虔誠，像是在舉行某種儀式。

轉眼間，不知道是誰又施了咒，婆婆媽媽們又安靜下來。

雖然男人實在稱不上帥，可是眼神專注的男人，是神。

何況他一邊刻字，嘴裡還一邊喃喃默念著妳的名字呢！

難道故事裡，竟然還潛藏著預言？雅琪突然想起在火車上看完的小說，《我是許涼涼》。

戒指是真的，承諾是假的。

悲劇的愛情故事，往往有甜蜜的開頭。

在這本書裡，小說家卻在故事的開端，便對雅琪提出了警告：「手指漂亮的男人會咬靈魂。要特別小心手指頭漂亮的男人。」

不知道他的手指，是不是也會咬靈魂？在女人心上，啃出細小的孔洞。

雅琪愣愣地，看著他那雙漂亮的手指，竟然如此溫柔，卸掉了賀太太毛躁的心，卸除了眾姊妹仔伴蒼老的靈魂和形貌。

不，那不是咬靈魂，那是玄妙的回春之術。就連在平安夜裡，一下子老了好多歲的雅琪，深呼吸，也感覺自己彷彿又年輕了一次。雅琪看了看戒指，看看男人，再看看那群姊妹仔伴……懂了。

施咒的是男人。

男人是神，是擁有回春之術的男神。

然而，男神也是人。

「刻這樣，要多少錢？」賀太太問。

回春之時，即施咒之時魔幻之時，即刻字之時。

字刻完之後，咒語失效，再一次打回原形。

「林麗珠」這三個字，在空氣裡消散，終於掙脫了男人的聲音，被牢牢地刻在戒指上頭了。男人微笑著，雙手奉上刻好的戒指：「要給多少，都可以！只要賀太太開心就好。」

刻在戒指上的字很小。雅琪墊起腳尖偷看，竟然看不到林麗珠這三個字。賀太太豪邁地把千元大鈔投入打賞箱，很感動地向他道謝。眾姊妹伴們嘰嘰喳喳地離去，獨留仍傻傻站著，尚未自幻境清醒的雅琪。沒想到，他收拾完雕刻的器具，竟然走過來，向她說了聲聖誕快樂。她愣愣地看著他，他的眼睛他的臉，遠比他的手指還要好看。他說，這麼冷的天氣，他要提早下班了。看她全身的夏裝，他為她披上外套，邀請她一起去吃頓晚餐。

「我在哪裡？」

這一次，雅琪是在無意間，開啟了那扇難以改變航道的，人生下半場道路之門了。雅琪永遠不會料到，自她決定暫停，被男人的小攤子所吸引，在網咖階梯停下腳步，倒退回攤子的那一瞬。

砰！竟足以使人生劇烈質變。

而這個故事，則得又暫停一次。

暫停，倒退，重述。

雅琪要重新開始，從「轉眼間，又是冬天。看著手臂貼上白色毛絨翅膀，打扮成天使，挨家挨户報佳音的小孩子們，以及沿路發糖果的聖誕老人，雅琪突然想起來，認識他的時候，是聖誕節……」再說一遍。

○

認識他的時候，是聖誕節。

雅琪常常想，如果不是聖誕節的節慶氛圍，和失戀的關係——如果他們換一個時空認識，會不會他們的關係，就不會發展至此？

如果說，人生像自強號一站又一站，前男友是猛然轟她下車的列車長，他則是看她可憐，隨手撿起破娃娃似的，讓她上車的善心人士。沒辦法，她太累了，當時她一心想要被愛。她多麼希望上了車，便一路順利地坐到終點站。

雅琪笑了，突然想起那首歌的歌名，應該是黃乙玲的〈今生愛過的人〉，忍不住哼了起來——

月台上，車入站，往事一幕幕行入阮心房。青春夢，愛過的人，伴阮今生慢慢行。月入窗，夜色茫茫，人生若火車一站擱一站……

人生像火車，一站又一站。老套的比喻，就連這麼老的歌都唱過了。多麼了無新意，芭樂，可是又多麼真實。

俗透了的比喻，那才是現實人生。活到這把年紀，雅琪想起年輕時曾立下不要變老，三十歲便自決的諾言。真是為綺想、為文學、為青春荷爾蒙所渲染的青年浪漫！

如今雅琪已經三十五歲了。

三十歲之後苟活至今，髮線漸高，陰道為生產而鬆弛，皮膚不再光澤動人，甚至連臉上都浮現細小的紋路。都是他害的。雅琪的人生已成定局。沒辦法，她這是穩穩地，搭上他這一列通往人生終點站的直達車了。

認識他之後，雅琪再也沒遇過任意門，再也沒有機會見到其他景色。

此刻，她的餘生難逃平庸，和一般人並無不同。

未來，雅琪只能在無數個定點之間來回奔波——他們的家他們常去的菜市場他們的診所他們孩子的幼稚園國小國中高中他們的上班地點——人生如此庸俗，如此簡單，直到死亡。

雅琪倒是對他有一分感激。

感謝他口袋裡，那些粉紅色的，香噴噴的小名片。感謝他大衣上，那撮長頭髮，還有他身上陌生的女人味道。感謝他突然設定了新的密碼，還有那隻永遠放在身邊的神祕手機。

雅琪在他的皮包裡，翻出了許多張名片，它們都印著同一個名字。

雅琪很慶幸自己的心境轉變。雖然，發現第一張名片的時候，她久違地，打從心底興起一絲恐慌和心痛。這次她卻成功地，很快速地，把這些心情壓了下去。

雅琪只是喃喃自語：「啊，又來一次？」

人生如此了無新意。老套。重複同樣的輪迴。

大澈大悟，看開了。既然人生如此無聊，出軌又有何不可？

舉凡正宮太太們害怕的出軌跡象，在此時的雅琪眼裡，反倒是人生中的小小調劑。她樂此不疲地蒐集這些小小的證據，像是賣火柴的小女孩，奢侈地，從盒子裡掏出第一根第二根第三根火柴，彷彿這麼做，便足以擦亮自己，擦出屬於自己新生命的燦爛花火。

「我在哪裡？」

偶爾，雅琪還是會想起迷惘時分，慣常叩問自己的句子。然而，現在她也只是想想而已，早已不這麼問了。她知道她在這裡，她哪裡也不去。

疑問句？那是屬於年輕人，屬於孩子，屬於尚存勇氣之人的特權。

比起任意門，此刻的雅琪，更需要的是故事。

○

雅琪喜歡上街蒐集故事。

便利商店，菜市場和超市，都充斥著她的線民。

沒有人不喜歡故事。他們樂於幫她蒐集，他和誰又走在一起，去了哪裡花天酒地的證據。她情願犧牲寶貴的時間，參加婆婆媽媽們毫無意義的社交活動——只為了蒐集更多關於他的，還有她自己的故事。

「你們看，住對面的范太太，真的好可憐啊，」她喜歡裝作聽不見，偷偷從「社區大聲公」張太太背後，無聲無息地走過。她喜歡聽她們大聲地談論自己：「范太太那麼漂亮，怎麼就嫁給了每天都這麼晚回家的老公，誰知道他在外面亂搞些什麼……唉！可惜了！」這是比較正常的評論。

其實她最喜歡的，反而是那些憎惡她的反面意見：「唉，什麼鍋配什麼蓋啦！范太太自己也一臉騷樣啊，根本沒好到哪裡去。」

騷？雅琪非常得意地聽著，這是「范太太」的故事了。

雅琪總是懷抱著羨慕的心情，聽她們說著「范太太」的故事，彷彿那是別人的故事。說是「別人」的故事，雅琪想，這麼說或許也不為過。和她們吃飯聊天的時候，雅琪確實是在扮演著「范太太」，而不是自己。

范太太喜歡化濃妝，喜歡買新衣服，喜歡打扮。范太太常跟對面的林先生出席各種聚會，兩個人一起出去玩，流言滿天飛。范太太明明也很愛玩，談起先生外遇的事情，卻一副被害人的樣子，花式向人哭訴。

她們眼中的范太太，其實都不是她。

范太太不過是雅琪假想出來，繼而扮演的另一種人生（戲劇化、浪漫、矛盾、雙重標準、騷……）

雖然很無奈，雅琪也只能這樣了。

她愛的男人是神，神如何談愛？

愛是恆久忍耐，愛是不忌妒，愛是不輕易發怒。

雅琪寧願假扮成「范太太」的樣子，也不要掏出血淋淋的真心，不要責罵他的不忠。她偏不哭！她才不要醜陋地哭著，說出「我愛他，我沒辦法離開范勝雄」的這種鬼話。

雅琪知道，逃不了的。

她的名字，早在那年冬天，被他牢牢地刻在戒指上了。

再說了，就算她真的成功了，離開他了又怎樣呢？她終究是逃不掉的。

人生一再重複，了無新意。

難保離開之後，她不會遇見另一個真正的好人。要是真的如此，她連擁有故事的權利都失去了。

嫁一個好人，變成有幫夫運，慈眉善目，擅長料理家務的好太太？不，雅琪才不要這種稱號。她不要她的人生她的未來，單調地在他們的家他們常去的菜市場他們的診所他們孩子的幼稚園國小國中高中他們的上班地點來回奔波……

她寧願心痛。

她寧願看他愛別人，甚至愛很多人。

她寧願睜一隻眼，閉一隻眼聽他的花邊故事，壓抑自己不傷和氣……也不要平凡。

她知道，他的心，肯定也為別人痛著。

那年冬天，看他在賀太太的戒指刻上「林麗珠」三個字的時候，她就什麼都明白了。那樣專注的眼神，那雙專情的單眼皮，那樣熾熱的視線……早在認識她之前，就為別人所鍛鍊出來了吧？他屬於她，又注定不屬於她。

其實也沒關係啊。

說到底，活在這個世界上，誰能完全地屬於另一個人呢？

蒐集一陣子的故事之後，雅琪不再那麼焦慮了。她發現他和所有女人的親密接觸，全都是為了在茫茫人海之中，尋找一個人。其實也還好。這是預料之中的事。

名片上的名字，是他心繫的高中初戀，小咪。

雅琪還記得，應該是籌備婚禮的那陣子。他們在夜裡長談，傾訴彼此的情史

——兩人齊心迎向未來，向過去道別。那天晚上，他向她坦白了自己耿耿於懷的戀愛故事。談完那段短暫的高中情史，他很困惑地問她：「妳覺得，到底什麼才是真的呢？」

他的情史根本沒什麼好說。真的是很平凡的故事。

他們的故事是這樣，原本交往地好好的，小咪卻突然從他的生活中消失了。時隔多年以後，他才發現，小咪竟然是他好兄弟的未婚妻。在他看來，小咪整個人，發生劇烈質變。

最讓他不解的是，小咪為何收起了暴走族的氣質，變成好妻子乖乖牌的模樣？他忍不住懷疑，幾十年後再見的小咪，會不會其實是她失散多年的雙胞胎姊妹？眼前的她，是真正的她嗎？真正的小咪，在哪裡？不知道她過得好不好。

聽完他的故事，雅琪放心地笑了。

不論是小咪的轉變，或是那些讓他難以釋懷的小事件——在雅琪看來，其實再正常不過。

那只是青春期啊！

動漫般誇大的，特異的主角性格，難解的謎團和難解的人，那就是青春。

○

小咪的故事，他們討論了很久，忘記是誰辯贏了。

雅琪只記得，辯論的尾聲，他為這段故事寫下這樣的結語：「其實事到如今，都沒關係了啦！不要管小咪了，現在，我最愛的是妳啊！」多麼動聽，甜滋滋的。

可是雅琪就是知道，雖然他說不在意了，卻始終不服她的解釋。

即使他親眼看見了那位昔日女友，如假包換地站在他面前，他也不願意相信自己的眼睛。他仍舊日日夜夜叨唸著，她是不是來自另一個宇宙的小咪呢，她身上的靈魂何以整個被抽換了呢。

否則他何以沒事就扭頭，往所有小咪可能出現的地方跑呢？他沒日沒夜地流連於酒吧，夜店，甚至酒店。

可是事到如今，都沒關係了啦！雅琪悄悄地在心底這樣說。

（因為我愛你啊。我愛你苦苦追循青春的身影。為你哭泣，為你傷心，我彷彿又年輕了一次。你不要老是說自己笨拙，沒用，害我難過。因為我的心，也為我逝去的所有時光默默哭泣著。）

砰！

（你不要找了啦。你看看我啊。

至少此時此刻，還有我願意坐在這裡，陪你看電視啊！）

坐在沙發椅上，抱著可愛的兒子看電視。人生如此無趣，電視節目也了無新意，看了數十年的哆啦A夢，還是出現在聖誕夜的華視頻道。如果真的有人生重來槍這種東西，雅琪多麼想持槍對自己扣下扳機！

砰砰！

（你不要找了啦。你就這麼想念那個死高中生嗎？

你好好睜大眼睛，看看此時的她啊！她整片肚子軟軟的，滿滿的都是贅肉。幾十年過去，她已經不是你想念的那個人了。她的陰道肯定和我的一樣鬆弛，腳底板纖細的紋路淨失。不信的話，你儘管叫她脫掉襪子，她肯定和我一樣，腳底板長滿了扒不開的紫黑色厚腳皮！）

晚上七點卡通演完，電視台準點播起新聞。新聞播完了，八點檔的時段，換旅遊節目上陣。主持人在螢幕那頭，賣力地介紹西門町的聖誕節市集。西門的迷你耶誕城好好玩唷，剛好搭上草莓季，很推薦給男女朋友約會唷……主持人穿著迷你裙，一邊介紹，一邊開心地吞下草莓蛋糕。看著她精巧的臉蛋，雅琪多麼想回到那年冬天，答應赴另一個男孩的約，把前男友忘在台北。

砰砰砰！

（你不要再找小咪了吧，你看看我，你看看我啊！

我在這裡啊！我在這裡陪著你啊。我哪裡也不去。

小咪能做到這些嗎？能跟我一樣，犧牲下半輩子，替你生小孩繳房貸洗碗洗衣服準備三餐半夜爬起來顧小孩外加清理你的酒醉嘔吐物比你晚睡比你早起目送你出門起了個大早帶小朋友打流感疫苗忍受他們討厭的哀哀叫還要餵他們吃藥看他們吃完藥就吐了然後幫他們把屎把尿洗尿床的床單清理沾滿穢物的被套和枕邊玩偶嗎？）

雅琪捏著兒子的臉，滿懷惡意地想著，啊哈！這樣你就不會出生了吧！我會和另一個完全的好人共組家庭，瞞著他回想我的青春我的愛。瞞著他沒日沒夜揣想，那個失聯的前男友，現在他過得還好嗎？

砰砰砰砰！

（你不要再找小咪了吧。

（就算你找到她，那又如何呢？）

難解的謎團，難解的故事和難解的人，這就是青春。只要還存在謎團，那便代表還存在著希望。在真相大白以前，整個世界依舊是一隻薛丁格的貓——生與死的疊加狀態——傷害還沒有真正完成，還有足夠的力氣去愛。

難怪他／她那麼愛看推理劇場，推理卡通，和推理的節目。雅琪迷迷糊糊地作著復仇和人生重來的夢。後來她竟然忘記防備手臂的痠痛，不顧綜藝節目吵雜的嬉戲聲，疲倦地抱著兒子，在沙發上安靜地睡著了。

○

醒來的時候，已經是午夜十二點半了。

就這樣在睡夢之中，毫無知覺地跨越了平安夜，來到聖誕節。

聖誕老公公當然沒有來。可是雅琪和孩子的身上，竟然多了件毛毯。

大半夜的，她知道他回來過，又出去了。除了在他們身上覆蓋保暖衣物，他也不忘拿走她放在桌上，裝滿花椰菜，滷三層肉和油豆腐的特製便當。對此，雅琪由衷地，對他抱持著感激——

她知道，他容易餓。

他想必也知道，外面的便當，不夠填肚子的。

We wish you a merry Christmas and a happy new year，雅琪輕拍小孩的背，輕聲對自己說。今年她已經三十五歲了，跨年後，是三十六歲。即將奔四，人生的可能性盡失。然而，此刻的雅琪，卻覺得自己再年輕不過了。

這都要歸功於他。

即使他已經很久很久，沒有在手環或戒指上，雕刻她的名字了。他仍保有神祕的回春之術。他的技能甚至還level up，不只讓人回春，甚至足以讓人起死回生。

像是雅琪醒來時發現的，身上的毛毯，便是他小小的愛的證據。他總是不忘在她瀕臨崩潰的時分，略施小惠，對她表現一點點關愛。只要一點點，便足以讓她活過來。

她暗戀，他曖昧。

她有多恨他，就有多愛他。

她悉心蒐集所有他愛或不愛的證據。

她澆花的時候，不忘拔起一株小雛菊，一片片掰開它的花瓣，重複著他愛她他不愛她他愛她……在反覆的詰問之中，雅琪感覺自己的臉龐被打磨得容光煥發。眼角的魚尾紋，似乎又一點一點地縮回去了。

雅琪起身，抱起他們的兒子，緩緩走回臥室。

他緊閉著雙眼，眉頭緊皺，是作惡夢了吧？雅琪看著他白胖的小臉蛋，禁不起蚊子咬，稚嫩地讓人心疼。他的眼窩濕潤，額頭微微地出汗。雅琪伸手撫摸他的細髮，撫摸他的背，竟然汗溼了全身。

終於走到臥室。

雅琪放下他，輕輕地為他換了尿布，換了衣服，蓋上棉被。

此刻他的眉頭舒展，　安靜地睡著了。看著他的睡顏，雅琪突然覺得，腳步走得慢，或許也有一點好處——不至於驚動他，否則他肯定又要嚎啕大哭，今晚她又不用睡了。

闔上門，披上外套。

難得安靜，雅琪決定走到巷口，為自己買幾百塊的鹹酥雞和啤酒。

今天晚上，雅琪要擁著垃圾食物，陷在沙發裡，慶祝專屬於她的聖誕夜。

作夢確認機

道具說明：用來大力捏你的臉，確認是現實還是夢境。

豆知識：你知道嗎？大雄也曾變身成超人。這種時候，大概要超大力捏他，捏到他痛到想吐，痛到在地上打滾……他才會相信。

0.

「這又是一本新買的日記。」

在每本日記的第一頁，第一行，我總是會寫下這句話。

這又是一本新買的日記。

封面是幸運草，淺綠色紙盒，心形的鎖，和一把鑰匙。

不知道這一次，可以持續多久？

老師說，只要找一件事，持之以恆，就會成功。
今天我又學了一個新的成語，持之以恆，是堅持下去的意思。
寫日記也可以成功嗎？
被騙也沒關係，我不想再因為字太醜，撕掉日記本了。

這一次，我想試試新的辦法。
寫日記，但不寫日期。
就從 0 開始寫吧。
沒有日期的話，就算沒有「持之以恆」，也不會被發現了。

1.
最近的生活，特別缺乏真實感。
「寫日記」這件事，讓我覺得踏實。

校慶的作文比賽，我拿了第二名。

老師說，他希望我能寫得更好，才把第一名讓給別人。
不知道他是不是在安慰我？
他說，我很適合寫作。不是作文，而是寫作。
作文跟寫作的差別是什麼？
他說，我必須自己找出答案，他不能告訴我。
老師最討厭了。

2.

什麼是現實，什麼才是夢境？
音樂課，老師放了《愛麗絲夢遊仙境》，我嚇到哭了。
毛毛蟲變成蝴蝶，毛毛蟲是死了，還是活著？
喝下神奇藥水的愛麗絲，還是原來的愛麗絲嗎？

消失在空氣裡的貓，去哪裡了？
愛麗絲的世界，那個「書裡只有圖畫而沒有文字」的世界，是真的嗎？
只有圖畫而沒有文字的書……有這種書嗎？

老師說，我的眼淚就證明了，愛麗絲是真的。
他告訴我，只要我願意，也能創造屬於自己的世界，就跟他的鋼琴一樣。

我不會彈鋼琴。
我不想掉進兔子洞。

3.

輔導老師這樣告訴我：「難過的時候，把難過的事情寫下來，就好了。」
不知道寫下來，能不能變得跟她一樣開心？
她一直都笑笑的。
我很喜歡她，想跟她一樣，笑笑的。

今天，爸爸又喝酒了。
他抓了一把媽媽洗碗一天的錢，往陳姨的KTV跑。
媽媽哭完之後，打電話給叔叔，跟叔叔商量怎麼辦。

他們討論了很久。
叔叔的結論是，要媽媽控制爸爸的錢。
叔叔說，男人只要錢多起來，就會作怪啊！快點把錢收走，不就沒事了？

坦白說，我覺得叔叔的建議很奇怪。
沒有錢，爸爸要怎麼吃飯啊？
媽媽絕對不會忍心爸爸餓肚子。

這個學期，老師要我們讀一本書，寫心得。
它的書名，是《佐賀的超級阿嬤》，主要是寫窮人的生活。
書裡有一句話，常常被同學們拿出來講：「餓肚子的時候，就去睡覺，告訴自己那是幻覺，就好了。」所有人都覺得很好笑。他們說，這樣還可以順便減肥耶！

很難跟他們解釋，餓肚子，一點都不開心。

我不挑食，總是把學校的午餐吃完，晚上才不會肚子餓。

很想嚴肅地告訴他們，餓太久，其實會發抖，會想哭，睡不著。

我已經很久沒有餓到發抖了。

只是吃比較少，肚子空空的。

餓著睡著，容易噩夢。

像是昨天，夢境的內容，我根本沒辦法思考，沒辦法描述。

好像有人壓住我，我沒辦法翻身，不知道怎麼了。

我應該逃走，卻逃不走……

嚇醒之後，我聽見客廳裡，傳來恐怖的聲音。
女生的尖叫聲？是媽媽嗎？她的聲音，好像很生氣，又很開心，斷斷續續……
我還在做夢吧？我從來沒聽過這種聲音。
那些聲音，應該是自己嚇自己吧！

我想要把所有事情記下來。
現實是第一個世界，夢是第二個世界，文字是第三個世界。
我好像有點理解愛麗絲夢遊仙境了。

4.

把中間的日記撕掉，還算是「持之以恆」嗎？

5.

和宜靜交換了日記。
只交換一週，宜靜回頭看了我小時候的日記，有點難為情地問我：「妳是不是把日記當成小說寫啊?」什麼書寫讓人踏實,什麼第一世界,第二世界……其實我知道,宜靜是很想挑釁地問我:妳以為自己是大文豪啊?

宜靜的反應,我並不意外。

小學老師規定,聯絡簿要寫日記。每天每天,我只是如實寫下心裡所想,竟然被老師抓去心理輔導。後來我就都不照實寫了。啊,照實寫的日記,是有一次沒被抓去,得排除掉小一那次。

小一那次,純粹是我太蠢。

還記得,那天的日記,非常難寫。老師出的題目是「我的優點」,我根本一個字也寫不出來。我想來想去,覺得我的優點,大概也只有特別擅長自我安慰。然後我超白痴的,竟然把「自我安慰」,省略成「自慰」。

笑死我了!

那天放學之後,老師很緊張地把我抓去問話:「妳在日記裡面寫的『自慰』,妳知道那是什麼意思嗎?」我非常坦然,天真無邪地回答老師:「啊就只是,我很擅長在遇到衰事的時候,自己安慰自己的意思啊!」

這麼好笑的笑話,竟然隔了這麼多年,我才抓到笑點在哪裡。

6.

叔叔也開始喝酒了。換嬸嬸開始哭。

說實在的，我真的很受不了這些女人，為什麼老是在哭？

我把弟妹們拉進房間，想起當時媽媽對我說的最後一句話：「快點進去，把門鎖上！」

我的動作還是太慢了。門被叔叔一手擋住。他鄙夷地瞪著我。

好險叔叔沒有對我們動手。

叔叔只是對我破口大罵：「汝咧創啥潲！真正是抾捔，恁娘予姦啦！」

喔，是喔？那又怎樣？我擅長自我安慰。

我拉住門，把弟妹拉進房間，把門鎖上。

7.

還是寫一些阿貓阿狗的戀愛故事好了。反正坐在後排，有很多八卦可以爆。

交換日記收回來，果然，收到了宜靜愉快的回應。少男少女們的戀愛故事，原來和偶像劇一樣，令人愉悅。

宜靜顯然很滿意我蒐集的種種八卦。

阿美愛虎哥，來福愛小琪……唉，怎樣都隨便啦！

雖然宜靜對他們的作為耿耿於懷，可是有時候，我還是很感激他們把宜靜擠到前排，不然就沒人跟我當朋友了。不，這樣講又不太對。更精確一些，我想說的應該是，不然我就沒有一個擁有香香靈魂的朋友了。

宜靜讀書。那個建中的也讀書。

我知道宜靜是真心喜歡那個建中的。

今天我翻以前的日記，發現那麼久以前小小年紀的我，就寫過第一世界，第二世界，第三世界這樣的東西……我才懂了。破碎的人讀書，心碎的人讀書，寂寞的人讀書。書是符咒，文字是符咒，小說也是符咒。疲累的時候，不想面對的時候，把自己藏在裡面，很安全。

宜靜讀書。那個建中的也讀書。我也讀書。

我想，宜靜應該能懂我吧？

8.

試著讓宜靜再一次融入大家。但沒成功。
果然有大學生男朋友，會比較威嗎？
那我去交一個博士生男朋友好了，隨便去一場研討會，應該就到手了吧。
算了。我這種轉學生。還是不要惹事好了。

9.

終於搬家了。
嬸嬸說，今天是她生命裡最快樂的一天。
很想反問她，那之前跟叔叔結婚的時候，難道不快樂嗎？
叔叔明明也是個好人。
叔叔從前也很好的啊！總是他在做家事，洗碗煮飯，偶爾還為全家人煎牛排呢。唉，沒必要反駁嬸嬸。我終究不是從前那個，會把「自我安慰」省略成「自慰」的白痴小孩了。我喜歡這一間不需要上鎖的房間。
新叔叔（該這樣稱呼嗎？好怪！）幾乎不做家事，但嬸嬸樂在其中。

嬸嬸說，身為一個女人，最幸福的，就是不必庸庸碌碌地工作。只是做做家事，那有什麼？她甚至還順口唸了新叔叔的前妻，說人家是身在福中不知福——這麼幸福的日子不要，竟然吵著要獨立，要自己的生活。

算了，反正，他們順利就好。

嬸嬸是我的恩人。哪怕沒有血緣關係，她也還是願意當我的監護人。嬸嬸明明很軟弱，可是她也很強大。經歷過那樣的婚姻，竟然還能夠相信人。嬸嬸很了不起。嬸嬸值得幸福。

早上入厝的時候，嬸嬸甚至跟我說，從今天開始叫她媽媽吧！樂意之至，只是，我還是需要一點時間……

10.

宜靜還是不喜歡我。

她顯然還是想跟那群欺負她的人結盟。

反正她愛去就去吧！女生們就愛搞小團體，所以我才跟男生混在一起。

啊，我懂了，這應該就是她不喜歡我的原因吧。雖然我沒有建中男朋友，也沒有博士生男朋友……可是我太受男生歡迎了，所以欺負她的那群人，才不喜歡我。

幹！女生有夠難搞！

11.

我愛死這間學校了。

期中考，數學三十七分，居然還是全班最高。

這個分數，讓我回想起好久好久以前，曾經洋洋灑灑在週記上，寫下所有天真的夢想：「我要成為文學家，思想家，哲學家，科學家。我要拯救所有殘破的心靈……」那個學期，我只顧著作夢，考了全校最後一名。

放學之後，我被班導抓進辦公室，被她狠狠訓話了一番。

她真的很希望我能圓夢。她實在非常好心。她拿起我的週記本，指著裡面的內容，激勵我：「妳連期中考都考不好，要怎麼完成這些夢想呢？如果妳不努力的話，妳寫下的這些夢想，根本只是眼高手低。」

還記得，後來她的結論是：「要是妳一直抱著這種光說不練的態度，只是徒留空餘恨的人生而已。」所幸我已經不是白目的小孩了，我只是沉默，沒有誠實地回應她：「我光是活著，就已經很累了，作一下夢也不行嗎？」

後來我再也沒有回去那間學校。只偶爾在臉書上追蹤班導的貼文。

也許終究是我的表現太差。她明明是個好老師，網路上的佳評如潮。

最近爆紅的那個「傑出校友」，據說是她的導師班學生。雖然他的在學成績，似乎跟我一樣，不怎麼好——可是那時候，他就立定志向了。他好像是想當記者，還是當歌星吧？他的口條很好，長得好看，唱歌也好聽。不管他想做什麼，家人都支持，無怨無悔。

反正他們家又不缺錢。他們資助他去台北，小小年紀便參加各大比賽，不讀書也沒關係了。大家都說，當初是她慧眼識英雄，鼓勵他放下書本，去做任何想做的事情。

「不論現在身在何處，你都能把它當成起點，邁開大步，走向你的目的地」這句激勵人心的話，是她送給學生的座右銘，她要同學們好好抄在週記本上。

可是有些人，是連思索自己身在何處的餘裕，也沒有的啊。

12.

嬸嬸的天珠手鍊被偷了。

我知道小偷是誰。我會代替他，把手鍊放回去。

史努比？白痴才喜歡玩偶！我只是想在高中最後一年，成功扮演少女的角色。青春無敵大受歡迎的那種鄰家美少女。萬人迷。把大家萌得不要不要的。

這種角色，好無聊，真心覺得玩過一次就夠了。

13.

宜靜來電，問我，畢業典禮為什麼沒有哭？

我反問畢業典禮為什麼要哭，掩飾心碎，（因為ㄊㄇㄉ畢業典禮我根本就不在場好嗎！）

氣氛有一點尷尬。

後來，宜靜說，她跟那個建中的分手了。

課外的時間，她終於約我了，她提議：「我們去看電影吧！」

好啊，那我們要看哪部電影呢？正值暑假，電影院上了很多部強檔。放眼望去，有劇情片，恐怖片，驚悚片，動作片，愛情片，國片……有這麼多選擇。

難得出門看電影，宜靜說，就讓妳選吧！

但我其實不懂電影。

不然，我說，還是妳挑吧。只要電影裡沒有血腥，沒有暴力，沒有戰爭，沒有生離死別，沒有讓人心碎讓人難過讓人泫然欲泣的故事或隱喻……我都可以。

「那我們恐怕只剩下哆啦A夢劇場版可以看了。」

「好啊，就看那個。」

沒辦法，我的世界再容納不下任何會讓我流淚的東西了。無論現實或夢境，都塞滿怪獸。我幹嘛額外花錢，花時間，去看那些平時早就看膩的怪獸。

14.

幹，結果連哆啦A夢劇場版都有生離死別，看到哭，幹！

15.

漫漫長假，比起出門，我更喜歡窩在家。

懶散的樣子，嬸嬸快看不下去了。

嬸嬸說，妳出去找朋友，跟他們一起出去玩啊！趁現在大家都還住在附近，最好快點約一約，不然暑假過後上大學，你們就要各自單飛了。嬸嬸硬是塞給我兩千塊，要贊助我去畢業旅行。

可是，移動好累啊，我也不想欠嬸嬸什麼。

我走進嬸嬸的房間，拉開抽屜，悄悄地放回那兩千塊。

好不容易安定下來，此刻的我，只想活成一株植物。

我只想安靜地呆在這裡，默默行光合作用，哪裡也不去。

16.

坦白說，是有點期待大學生活。

可是只要想到，大一新生有宿舍的保障名額，就覺得很煩。

這個暑假來打工，賺房租吧！雖然宜靜說，如果大一進去就外宿，會被排擠，會被用異樣的眼光看待……可是，那又怎樣？還是住得舒適比較重要吧。

好想有自己的房間。好想自己生活。好想要一個不需要戴任何面具的所在。

明天去問問看家附近的麵攤需不需要人手好了。

也要記得留意租屋資訊。

上大學之後，經濟上不要再依賴嬸嬸了，希望能做到這點。

17.

自己搬了宿舍。用寄的。

租的房子在山上，還好有嬸嬸贊助的機車，不然根本沒辦法從郵局搬上來。算一算，從學校的郵局騎到租屋處，總共需要爬三個大坡。從租屋處騎到有賣食物的地方，也需要走三個很陡的下坡。好險只要下一個大坡，就有一間明亮的便利商店。我想，此後有很長很長的一段時間，我恐怕需要依賴它過活。

雖然是住在山上，可是，空氣卻沒有想像的清新。晚上出去散步，空氣裡漫布粉塵，我便又躲回屋裡。我的肺不甘願作地球的空氣清淨機。

租屋附近，有一間小學。每天早上，他們大聲唱國歌和升旗歌，常常一大早就把我吵醒了。住戶常打電話去抗議，我卻覺得早起沒什麼不好。真要說住在學校旁邊有什麼缺點，也就只是，國歌的旋律有點難聽。

過幾天開學，回到班上，宜靜的「宿舍警告」果然很中肯。

無聊人士真的很多。關於我的流言，很快便傳開了——

據說某個大一學妹很聳鬚，都不合群，從來不參加系上活動。沒課的時候不知道人去哪裡，從來都自己一個人吃飯，竟然還沒有住宿舍，在外面租房子，一定是常常帶不同的男人回去……。

天啊，你們的想像力，難道就那麼貧乏嗎？

為什麼不乾脆替我取幾個可愛的綽號啊？像是婊子，碧曲，還是臭鮑……之類的好歹還會讓我感到有一點新鮮。你們儘管說吧！我最喜歡流言了。我會在這裡，認真地聽著，像是在聽別人的故事。

18.

今天一大早，對面的鄰居很親切地跟我打招呼。

說是鄰居，這樣稱呼，好像有一點怪。他的住處，是他自己搭建的鐵皮屋。非常簡陋，沒有房子該有的樣子。

他的年紀？少說有四十了。

他蓄鬍，綁高高的馬尾，戴著沾滿髒汙的黑框眼鏡。他的皮膚黑黑的，整個人看起來髒髒的。他總是穿著最簡單的黑色吊嘎，搭配刷破的淺色牛仔褲。他整天都在抽菸或喝酒，偶爾吃吃檳榔。

男人在鐵皮屋前，種滿了花花草草。那些盆栽旁邊，放了一個他手作的陶瓷小水盆，種滿了水草，還養了幾隻蓋斑鬥魚。

「這些魚，都是我在水溝撈的啦，」男人說：「我只是隨便撈，結果就撈到一公一母。他們在這裡越住越舒服，最近竟然開始吐泡泡，應該是要生了。」

「要生了？」

男人解釋，那層浮在水面上，質地很綿密的白色泡泡，其實是蓋斑鬥魚產下的蛋。那些泡泡，由公的蓋斑鬥魚負責守護。否則，有時候，母鬥魚會忍不住把泡泡吃掉。要是他們很順利地守下泡泡，過不了多久，幼小的蓋斑鬥魚們就會衝破泡泡，降生到世界。

男人說，有時候，即使小鬥魚順利被生出來，母鬥魚還是會不留情地把小孩們吃掉。因為生產太累了，太飢餓了，小小蓋斑鬥魚們的命運，跟母鬥魚無關，全靠公鬥魚守護。

好吧，既然如此，那我希望這些小小的鬥魚，全部都被吃掉！

不然這個世界，未免也太不公平了。

19.

沒想到，廢柴鄰居大叔，竟然是個畫家。

我們交換了LINE，互相加為好友。他無視展期的死線，立刻約我去看展。我們走了數個下坡，騎了很長很長的路，才抵達市區裡的展場。可是坦白說，我還是不知道他的畫，到底哪裡好看？

他的畫展叫《放生》，我卻看不出哪裡有宗教意味。展覽裡的畫作，全是藍色黃色綠色的蘭花、瑪格莉特或鬱金香……

掛在展場中央，尺寸最大的那幅畫，還比較有趣。

那幅作品，畫的是一個站在消波塊上，渾身光溜溜的女人。女人沒有五官。女人的頭是一株蓮花。她光著腳，站在乾裂的褐色大地上。綠意從她的身體蔓延了出去，就連陰毛也是綠色的，上頭爬滿了蚯蚓。女人沒有生動的表情。她的面目莊嚴，雙腿交叉，突兀的比出蓮花指的手勢。

很直覺地，那幅畫讓我想起媽媽，還有嬸嬸。

嬸嬸的手指沒辦法彎曲。如果要她比蓮花指，恐怕比不出來。不知道為什麼，嬸嬸的手指怪怪的，連比Rock的手勢也沒辦法。要她去看醫生，她也不聽。她說，幹嘛看醫生啊？看醫生浪費錢。

啊，反正，不影響生活就好了。

「妳在這幅畫裡看見什麼呢？」大叔問。

其實，我對自己的詮釋，很沒有信心。

我怎麼可能如實跟他說，我在這幅畫裡，看見了嬸嬸和媽媽呢？我偷偷瞥一眼畫框旁的說明，改用自己的話說：「這幅畫讓我看到都市化的哀傷，大自然的悲哀。還有，最重要的是，大地母親，蓋婭，最後的慈祥……」

大叔不耐煩地打斷我：「看畫的時候，妳要把說明遮住。我要聽的，是妳的感想，我不是要聽妳背書。每一個人，就算沒有看畫的習慣，都可以有一套對作品的詮釋。」

可是所謂的「詮釋」，說穿了，就是一套觀照萬事萬物的濾鏡——太私密了。

20.

宜靜說，她想轉來我的學校。

我是覺得不必啦，也有點厭倦，她到現在還緊抓著我不放。

去了大學，宜靜難道沒交到新朋友嗎？

下次回家，要記得把貓貓帶過來。

貓貓是好幾年前，還在舊家的時候就撿到了，一直養到現在。

貓貓是和我相處最久的友好生物了。

21.

房東問我要不要電視，說可以送我。

想了想，還是答應吧！有一台電視的房間，比較像家。

每次看電視，我總是會想起小時候，費玉清還會出現在電視上的時候……我曾看過他的專訪。印象很深刻，他說他看電視的時候，是從來不開聲音的。

看電視不開聲音，是為了訓練敏銳的聽力嗎？

想起很小的時候，常在桌子附近聽到吱吱的叫聲，老鼠的咬齧聲。

「不要怕，」那時父親一邊大力搖動桌子，一邊告訴我：「放心，妳聽到的聲音，不是老鼠發出來的。因為我沒有聽到老鼠亂竄的聲音。說不定那是隔壁鄰居寵物的叫聲。」然後爸媽出門去了，當晚，他們帶回一隻天竺鼠給我。

天竺鼠是群居的動物，媽媽說，只能養一隻哦，養兩隻牠就不理妳了。

話雖如此，我還是覺得天竺鼠孤伶伶的好可憐，打算養一窩呢！

可惜在願望實現之前，天竺鼠就死了。

可憐我的小天竺鼠，僅得年兩歲。

22.

去廢柴大叔的家裡閒晃，他隨手抓起書櫃上的兩本書，丟給我。

仔細一看，紅色和綠色的書皮，啊，那是村上春樹的《挪威的森林》。

大叔很親切地對我說：「喏！這套書送妳，很適合你們這個年紀看。」

「謝謝你！可是這套書，我國中的時候就看過了耶。」

「那妳覺得自己是綠？還是直子？」

什麼不問，偏要問這種問題啊！

我想我應該是緣（不過是陰道不會溼的緣）。

23.

又一次畫展的邀約，推掉了。

想起很久，很久以前，我曾經對「大叔」這種生物有過想望。

我曾對他們有過憐憫，甚至還覺得他們可愛。所謂的大叔（從前的我以為）他們不過是一群皮相老去的小男孩，和年華逝去的老少女一樣，可愛可憐。

後來我就放棄了。

大叔就只是大叔而已。

頹廢，浪蕩不羈，好玩弄人，故作憂鬱……明明都只是賤。

他們偏要把話說得那麼好聽：「每個男人的心裡，都住著一個小男孩。」

拜託，心智年齡和男孩相似，到底有哪裡好？還不是一樣，都只是想占女人便宜。跟我聊《挪威的森林》，終極目標也只是想引誘我，要不要給幹吧。

我想我應該這樣回答：「我是直子喔，不過，是有 JJ 的直子。」

惡趣味。

24.

宜靜來電。

願主赦免我們的罪孽。

阿閎^_^

好吧，我盡量專心，屏除偏見，試著聆聽她想要說些什麼。

「妳最近有什麼煩惱嗎？」電話另一頭，傳來她很輕快的語調：「我可以跟妳一起禱告喔！」

「妳什麼時候去信基督教啦？妳家不是民間信仰嗎？」

「不是信基督教啦。我們的教會，比基督教還要前衛，我已經信一陣子啦！前男友說，如果跟他一起去教會的話，等我們的靈魂都完整，就有機會再結合……」

「幹！他在講什麼東西啊！這跟『妳聽過安麗嗎』有什麼兩樣？」

無論我怎麼逼問，宜靜都沒辦法解釋清楚，她信的是什麼。

宜靜打死不告訴我，她去的是哪一間教會。雖然她說的教義，聽起來是有點奇怪……不過，只要她覺得好，就好吧。

誰沒有過初戀。

我知道，她是真的很喜歡那個建中的男生。

失戀的時候，撕心裂肺，誰沒有過。

為了男人去教會，總比跳樓好。

25.

和附近的雜貨店阿姨熟了起來。

「妹妹啊」，雜貨店阿姨問我：「妳怎麼自己一個人住在山上啊？這麼危險，怎麼沒有找朋友一起？」說著說著，她往我的購物袋裡，塞了好幾把青菜：「我自己種的，沒有農藥，帶回去煮吧！」

阿姨人真的很好。

必須謹記，這間雜貨店，必得自己一個人來。

我其實害怕所有陌生人的問候。

所有熟識的早餐店，便利商店，超商店員的問候……滿溢著萍水相逢的善意。

偶有不適的問候，卻足以讓珍罕的小小溫柔，染上八卦俗味。

比如說，和我一起採買的友人，只有一次不在，他們便很大剌剌地這麼問我：「妹妹，妳今天怎麼自己來啊？妳男朋友呢？最近怎麼都沒看到他？」

非常尷尬。

雖然真誠的關心也是有的，可是那通常是少數，而且常常是從臭臉開始。

比如說，高中附近某家小吃店老闆娘，就以臭臉聞名。

倘若你身上恰巧沒有零錢，拿一千塊給她找。她脾氣一來，竟然會大力朝你的手心，摔下大把零錢。有時候，從錢包裡掏錢的速度太慢，她也會超大力拍桌子，用死魚眼瞪你：「拜託你，快一點，好不好？」

不過，倘若你堅持下去，有一天，奇蹟會突然間降臨。

約莫半年過後，平凡無奇的某一天，小吃店老闆娘突然對我笑了。沒有看錯，她的嘴角是真的微微揚起。她竟然笑著對我說：「妹妹，妳手上那個貓咪零錢包好可愛，我偷看它好久了。」

我喜歡小吃店老闆娘。她溫柔得很隱晦，一點也不八卦。

有時候，常陪我的朋友沒有來，她也就淡淡帶過去，簡單的問候：「妹妹，你們最近期末考很忙齁？注意身體嘿！」然後在乾麵裡偷偷加一顆滷蛋給我。

我喜歡蒐集所有臭臉老闆娘的笑臉。我大概是M。

26.

我還要在這座山裡待三年嗎？

27.

和筆友見了面。

我們在網路上，寫了半年的信。

讀著他稠密的文字，我隨口誇獎：你的詩應該寫得不錯吧？

L說，我確實很擅長寫詩。妳猜對了，我們真的是心有靈犀。

他向我要了地址，神速地寄來他手寫的作品，和一封信：「見面的時候，我們來一場不說話的散步吧？」L提議，我們散步的時候，不要說話。他要在途中，很專注地，寫一首情詩給我。

他寄來的詩，我根本連看也沒看，便赴了約。

了、無、新、意。

28.

今天好像是大家都諸事不順的一天。

宜靜來電說她不要愛情了，只想虔誠跟隨她的天父。同意啦，也沒什麼好不同意的。跟隨天父，那也是一種愛情。

很意外地，阿美來電。我們先是很尷尬地，聊了最近的天氣。然後，她支支吾吾地問我，要不要出席國中同學會，又問了宜靜的近況……。

天啊！他們把宜靜弄成這樣，竟然還有臉，邀請她去同學會？

吃完晚餐，準備洗澡的時候，選修課上的某位外系同學，竟然哭著跑來敲我的門。

我嚇都嚇傻了。

我以為我們不過是上課點頭微笑，下了課互相cover功課，告知點名或考試的這種粗淺關係。她竟然一屁股坐在我的沙發，接著跳上我的床，開始嚎啕大哭：

「怎麼辦，我覺得，我再也不要相信愛情了……」

情緒勞動了一個晚上，深感疲憊。

承接半生不熟人類的沉重情緒，好累。

很想大力搖晃她的肩膀，大力搖晃所有人的肩膀，對他們大吼。
所謂愛情這種東西啊，相不相信，那又怎樣？
不要隨便期望自己不能得到的東西就可以了。

29.

從冰箱裡拿出冰火，前幾天買的，因為覺得玻璃瓶好看。
沒想到拿出來的時候，玻璃瓶上趴著一隻壁虎。牠黏在很靠近瓶口的地方，一動也不動的，不知道是怎麼溜進去的？死了，牠的眼睛還是瞪得大大的，直直地看著我。
我不怕壁虎，但是，壁虎不應該出現在這裡。
我嚇了好大一跳，冰火就這樣被整瓶摔出去，碎了。
常想，日常的驚嚇，哪怕多麼渺小……也足以要人命。
此後，只怕在超市的冷凍櫃裡，看見冰火的時候，它們都要染上壁虎味了。

30.

聲音卡卡的，鼻涕稠稠的，可能是感冒了。

這裡唯一的診所，是婦產科醫生開的，卻沒看過有幾個孕婦去。婦產科醫生的真正職業，是給學生們開感冒藥。感冒了？吃藥三天後，如果還沒好，再回診，把藥吃到好為止。那個醫生開的，總是那幾顆藥，連聽診也沒有。

市區的生活機能好多了。

短短的一條街上，光是小兒科或耳鼻喉科……就開了三間。

後來，我找到一間網路評價四顆星，有很多人推薦的診所。看診之後，醫生拿了一桶不知道裝了什麼氣體的機器，連接一條線和一個噴口，要我把鼻孔對準，忍耐一下，熏一下。

好奇怪啊！那個噴口既沒有氣體噴出，也沒有味道。

我忍不住懷疑，自己是不是被醫生耍了？還是這是一種現正流行的，最新的看診噱頭？

領完藥，散步回租屋處的路上，走到第三個上坡，鼻塞竟然通了。

31.

阿美再度聯繫上我，說想要再見一面，我婉拒了。

我最討厭這種，在班上光鮮亮麗的女孩。黑長直髮或長捲髮，眨眨的大眼睛，一臉聰明樣但其實很蠢……她們自以為是公主，確實也是公主。總是有樸素的女孩黏上她們，自願作陪襯的丫環，作她們的萬用女僕。

公主和丫鬟，自成兩大集團，互相交流但絕不融合。

小學的時候，我原以為這種生態，走到國中就早該結束——我們只要團結起來，就不分彼此了——事實卻不然。

國中的時候，我還以為，上了高中之後，大家的素質齊一些，價值觀差不多。只要團結起來，就不會互相排擠，就不會有人被排斥在外了，也不然。

高中的時候……看清楚了。我就對大學，乃至整個社會，都不抱期望了。

那些漂亮又強勢的人類，注定會聚成一個小圈圈，排擠所有人。那些外貌或資質平庸一點的，幸運一點，彼此相親相愛。若是團結起來，或許也能組成一股力量。

最怕的是平庸的你卻妄想躋身上流。

最怕的是自己的認同出了錯，不願意妥協，又堅信自己是特別的……公主或丫鬟沆瀣一氣，無論哪個團體，都最討厭你這種人了。

掰掰。

慢走不送。

至於我，我屬於哪種集團？不知道。

可是我願意自成一個世界，收留所有自我認同出錯的人類。

32.

因緣際會認識了凱。

凱很悲傷。凱說他暫時不想談愛。

我說好。

只是想問：如果我們都很悲傷，為什麼不能相愛？

33.

宜靜來信。

說是來信，其實是來包裹了。
她寄來的紙箱，裝滿所有我曾送給她的生日禮物和卡片，還有一封信。
那封信，竟然這樣寫著：

「小咪：
我要專心跟隨主了。教會沒辦法容許不信神的朋友。
帶領我的姐姐說，我不能繼續跟妳來往。主若是知道了，是會生氣的。
虔誠的信徒，必得奉獻身心，把全部的自己交還給主。
妳可能不懂我的為難吧？
我的修行正值難關，不得已，只好把妳放棄了。……」

話是這樣說，我在她歡快的筆跡裡，沒看見一絲為難。
讀完信，我把整個紙箱拎去子母車，扔了。
扔完之後，突然覺得自己好笨，好自以為是。
說到底，我憑什麼？我憑什麼誇下海口說，我要自成世界，收容所有畸零的人類？我連擦乾人家的眼淚也不會。我連輕拍人家的肩膀，擁抱人家，也會因為羞怯而畏縮地跟什麼一樣。

我連微笑也不會，書寫也不會，給人適切的安慰也不會。

跟我比起來，宜靜信仰的主，可是萬能的。他們的主，可以撫平所有哀傷，甚至能溫柔地詮釋人間的所有失去……不像我，我坐擁的，只有一堆無聊的故事。

沒辦法，我終究是不信神的。

早在很久很久以前，看到進香團的遊覽車翻覆，無人生還的新聞的時候……我便打從心底不信了。

如果真的有神，祂怎麼捨得信眾受苦？

不要，永遠不要跟我說，那是命運之類的屁話。

我不信因果。

罹難者有年輕的夫妻，有嬰孩，有正要邁向大學新生活，趁著暑假期間，陪家人去拜拜的孝順女孩啊！他們每一個人，都是善男信女。虔誠的信眾，究竟冒犯了什麼？

所謂因果，說穿了不過是這樣——所有人的命運，都緊緊相連著——有人哭了，肯定就有人笑了。

記者非常白痴，竟然問搭乘另一台車的生還者，有什麼感想。倖存的信眾，顫抖著說：「我就差一台車，真的就只是差那麼一點點點……我就要搭上那台進香團的遊覽車了。好險只有擦傷，我們這台車，真的是不幸中的大幸！佛祖保佑！佛祖保佑！」

可是如果真的有佛祖，祂怎麼捨得讓誰的悲劇，去成全另一個人的生命。

那名信眾，真的理解自己說的是什麼嗎？

憑什麼人家死了就是不幸，自己僥倖逃過一劫，便稱作不幸中的大幸。

同樣生而為人，憑什麼整座城，要為了范柳原和白流蘇翻覆。即便那多麼美、多麼美……多麼經典，近乎永恆。

萬能的主啊（倘若真的有神）我祈求眾生平等，不要再有人心碎。

南無觀世音菩薩。

南無阿彌陀佛。

阿們。

34.

下了整天的雨，懶得出門。

閒得發悶，上網滑了一天，看到先前那個失戀同學交新的男朋友了。

照片裡，他們緊緊摟著對方，露出開心的笑容。

底下有人留言，好閃喔，你們根本是夫妻臉。

幹！去他的夫妻臉！噁心！

35.

又想轉學了。可是這一次要撐住。不要再逃避了。

36.

在餐廳偶遇凱，看到他載了另一個女孩，用我的安全帽。但坦白說，並沒有很在意。戴個安全帽而已。他們要上床我也沒差。反正我也跟別人上

日記寫到一半，在圖書館被搭訕了。

「嗨，我好像跟妳修過同一門課耶？妳看起來很面熟。」

「有嗎？我對你的臉沒什麼印象耶。」

「那也沒關係，妳從現在開始記得，就好啦！」

幹，這什麼對白，他是以為自己在演電影嗎？

雖然說真的是有點老套……但也只是交個朋友，也不壞。

37.

完全沒有讀期中考，倒是看了整個晚上的卡通。

從《水果冰淇淋》，看到《烏龍派出所》和《名偵探柯南》，然後是《哆啦A夢》跟《神奇寶貝》……

「天哪，哆啦A夢！我們的房子會不會撞上！」

「不會唷，房子不會撞上，因為我們在四次元空間裡面了！」

同樣是老劇情。大雄被小夫羞辱了，很想坐有錢人的臥鋪列車去旅行，可是家裡根本沒有錢。於是哆啦A夢掏了百寶袋，在夜裡，把房子裝上道具。房子瞬間變成了臥鋪火車，隨哆啦A夢操控，愛去哪裡就去哪裡。

房子活起來了。

整棟房子，在夜裡直直奔馳，奔向海洋，只為了圓一個大雄搭臥鋪列車去海邊游泳的夢……不繞道，不閃避任何建築物，只是直直地穿過。

簡陋的屋子，無聲且優雅地，在暗夜裡緩緩穿過山洞，越過草原，穿過空蕩的街道。靜寂的屋子，穿過萬年重考生的套房，越過無人的市場，滑過每一盞冷白的路燈……直達海邊。

「大雄，海邊到了，快點游泳吧！趁天亮之前，大玩一場。」

「原來大海這麼美……謝謝你，哆啦A夢，這趟旅行我很開心。」

幹，我又看到哭了。

明明是卡通，但好像是詩。

38.

把安全帽拿回來了。很想扔掉，可是這樣又很浪費。

於是買了六十元的九十五％的藥用酒精消毒。總算是乾淨了。

然後赴上次搭訕我那人的約。

39.

「如果我們都很悲傷，為什麼不能相愛？」

40.

嬸嬸來電，說有個國中同學急著聯繫我，但聯繫不上。我想應該是阿美吧？我封鎖她好久了。雖然有點煩，可是卻有點好奇，這麼緊急是怎麼了。明天來回撥好了。

41.

今天終於抽空，回撥電話。阿美打電話來的原因，竟然是為了告知宜靜的近況。據說是幾天前的事，夜裡，宜靜在自己的房間裡，自殺未遂。她的生活一切如常，沒有人知道自殺的理由。好像是試圖割腕吧？所幸沒有失血過多，被救了回來。

阿美說，救是救回來了，可是宜靜只安靜地躺在病床上。不論誰來問，她都不肯說自殺的原因。不要心理諮商，不要看身心科，不想吃藥，也不想進食。沒有人知道為什麼，她的意志堅定，一心求死。

要死就死吧，我覺得。

死了也好，如願作主的新娘，回歸主的懷抱。

42.

今天還是去醫院探望了宜靜。

其實是順便去的，主要是回家看看嬸嬸。

嬸嬸聽聞宜靜的事，竟然很慷慨地拿出天珠手鍊，告訴我：「她是很重要的朋友吧？這條手鍊，拿去送給她吧。」

我當然拒絕了。宜靜又不信民間信仰。

走進宜靜的病房，她倒在床上，瞪大眼睛看著我。

她的眼神，讓我想起那隻趴在冰火玻璃瓶上，冰涼無聲的壁虎屍體。宜靜該不會早就死了吧？死掉的壁虎，眼睛還是瞪得大大的。只是眼珠子不會轉。只是沒有靈魂。只是無神。

「妳這樣搞自己，難道也是主的意思嗎？」我語帶酸意地講，不過是想激她說點話。

宜靜懇切地點頭：「對啊，是主的意思，這是我的最後一關了。」

好吧。那妳就去死吧。掰掰。

步出病房，隱約聽到宜靜的爸媽嗚咽著，女兒怎麼突然就這樣走上邪路。他們很擔憂地討論著，她信的主，根本是邪教。他們和我一樣，太晚才知道，她信仰的主，根本無關基督，也無關天主。

也還好吧，去信邪教又怎樣？有那樣的決心，我覺得，差不多跟無神論一樣勇敢啊！

43.

轉眼間，期末考完，要寒假了。

考完最後一個科目，和阿宇同時提早交卷，騎了機車跑出去玩。

放假之後，兩個人一南一北，很難常常見面。

距離也不失為一種情趣。我們約定回家之後，要天天寫信。

我已經不在乎凱了，也不在乎宜靜。阿宇讓我安心。

我終於學聰明。我再也不要隨便投注我的心力，在那些根本不會回饋，根本不會愛我的人身上。

眾生平等。

可是「愛」，得要那個人，真的值得我付出才行。

44.

開始比較能鼓起勇氣，去思考未來的事。

比如說阿宇的承諾。

阿宇說，等我們畢業，等我們出社會工作存夠了錢，等一切都安頓好，要一棟舒適的房子，要一輛能跑很遠的車子，屆時就能養兩隻天竺鼠，甚至要一個小孩……

45.

時間以光速前進。

這本日記居然就這樣寫滿了，得換一本才行。

46.

下一本日記，該挑什麼顏色？

翻譯蒟蒻

道具說明：有翻譯、溝通、對話的功能，也可以當作普通的零食。據說有味噌、醬油、海苔口味。

豆知識：你知道嗎？大雄在喜馬拉雅山遇到雪人，任意門差點被吃掉。千鈞一髮之際，小叮噹拿出翻譯蒟蒻，和雪人作成協議：「我給你銅鑼燒，你還我任意門。」

作者 (鄰家女鬼)

標題 Do you want to build a snowman?

時間 Oct 30 02:18:22 2032

親愛的阿美(我可以這麼稱呼你嗎):

閒晃筆友版，偶然，讀到你的徵求筆友文。

心想，我們說不定會有共鳴吧?便寄信給你了。

你想要怎麼稱呼我都可以。如果想不到喜歡的名字，就叫我「女鬼」吧?在決定要忽略這封信呢，還是想提筆(我們現在是 key 鍵盤囉)和我成為筆友之前，我想我有義務，和你吐露一些我的小事。

我和你一樣，生於 1996 年(卒於 2017 年)。

我們這一代的人，應該都學過地球科學吧?我還記得地科課本這樣寫:「那些夜空裡閃爍的星星，其實都是爆炸死亡的星體，遺留下來的光。」此刻正在寫信的我，或許，也可以說是這樣的存在。早在 2017 那一年，我就死了，卻無從違逆大自然的定律，終究要擁著光，直至肉體灰飛煙滅。

很中二吧!讀到這裡，你肯定笑了出來。

我卻笑不出來。實際上，每天我都好想哭，好想哭。這裡好冷啊!死掉卻不得不活著的感覺，像是獨自一人，孤伶伶地被扔去月球。

關於我：

1. 性別：礦物

2. 出生年次：1996

3. 喜歡聽故事（和你一樣，也有故事可以說。）

4. 相信人性本善（和你一樣，也願意接受人類偶爾的惡。）

5. 不知道渡邊直美是誰，可是不討厭胖子。

如果你願意跟這樣的我說說話，我會很開心的！

雖然這個年紀，其實對交換心事或故事感到疲倦了……

但我還是希望有人記得我，陪我走過百無聊賴的日子。

不求成為朋友，甚至也不必見面。有幸能一起走一段路，便非常感激。

女鬼

※ 引述《（渡邊阿美）》之銘言：

筆名：阿美

出生年次：1996

性別：礦物

身分：上班族／人妻

收件 ID：

通信方式：站內信

★徵求筆友條件

希望性別：不拘

希望年齡：不拘

希望其他條件：

1. 喜歡聽故事，也有故事可以說。

2. 相信人性本善，但願意接受人類偶爾的惡。

3. 有基本的文字能力（不要ㄣㄥ不分，不要再在不分），喜歡閱讀最好。

4. 如果覺得頻率不對，不想再繼續我們的關係……希望你能在離開以前，先知會我一聲。不要突然消失，那樣真的很傷人。

5. 討厭渡邊直美，但不討厭胖子。

6. 單純文字交流，不要見面，保持筆友關係就好。

★個人自介（自我發揮空間，例如：興趣/喜好，最少寫滿100字）

小時候，我曾經發誓，絕對不要活超過三十歲。

苟活至今，竟然已經三十六歲了。因為害怕孤單，竟然還結了婚。

現階段，我正在上班族和妻子兩個身分間取得平衡。說是上班族，其實我是在學校教書，過著平穩卻無趣的生活……因此，我想在這個版上，找人聊聊天，豐富我的生活。希望你不會討厭軍公教。

我的嗜好是閱讀和聽音樂。有時候也看看電影。

「有些時候我覺得，這美也太巨大，沒辦法儘瞧著它。我的心滿滿，像顆汽球要爆炸。我只得想著，放鬆，放鬆，別緊抓不放。於是，這美漸漸就流過我身上了，像雨，讓我只覺得感謝，我笨蛋人生中的每分每秒。」

這麼有哲理的話，當然不是我說的。

這段話，是《美國心玫瑰情》的結尾。道路上漂浮著樹葉，孤單的塑膠袋，配上死掉的男主角的旁白。不知道為什麼，電影的結尾，讓我感觸良多。我想，只要時間繼續走下去，總有一天，我也會明白吧？

此刻我站在路邊，觀賞柏油路上，跳著舞的塑膠袋。

空氣裡充滿力量，再過幾分鐘就要下雪。
你願意走近，陪我一起看漂浮的塑膠袋嗎？

我還有很多話想說。留在信裡說好嗎？

寫到這裡，應該滿 100 字了吧（笑）
期待來信！

作者　（渡邊阿美）
標題　Do you want to build a snowman?
時間　Nov 05 09:20:23 2032

親愛的女鬼：
收到來信，很開心。
自從發了徵求筆友的文之後，雖然陸陸續續收過幾封來信……但是合拍的人很少，徵友信和罐頭信最多。
你這幾天過得如何呢？
抱歉，這麼晚才有空回你。這週我改了不少作業，還出了段考考卷，快要被繁忙的校務搞得喘不過氣了。坦白說，我其實有點洩氣，這個社會，要高中老師做什麼呢？
每年有這麼多學生，以差不多的成績考進來。畢業之後，命運懸殊卻這麼大。這麼多入學時亮晶晶的孩子，畢業之後卻突然黯淡下去……彷彿人生就這樣了，死掉了，我卻無能牽起他們的手。
負能量有點多。再一次抱歉。
最近，班上有一個平常老是笑嘻嘻的孩子，走了。
我太晚才發現他們的欺凌。
有一次，看他們鬧得有點誇張，找他過來問怎麼了？他笑著跟我說，沒事啊沒事，他們只是在跟我玩，老師你只是少見多怪。我沒有多心。看起來，他們確實是在玩。鼻子吃麵，耳朵倒胡椒粉，呵呵哈哈好好玩喔。

他們把圖釘黏進他的椅子。他們買來塑膠的蟑螂，藏在他的抽屜。他們在下雨天時，去操場上抓青蛙，扔進他的水壺。晴天的時候，他們翻自然課的盆栽，把蚯蚓扔進他的麵裡……。

這一切，全都發生在下課後，那些我不在場的時光。說來慚愧，我也只看過他們用鼻子吃麵而已。其他的，是告別式的時候聽來的。

這個總是笑笑的孩子，讓我想起很久很久以前，遇見的一個女孩。

她也總是笑笑的，笑起來很甜，眉毛彎彎，小巧的梨渦如花朵般綻放。我和她之間的故事，多得說不完呢！之後有機會再告訴你。我只是突然很感慨，不知道她現在過得好不好。

你呢？這幾天，你過得還好嗎？

今天豔陽高照，我想要把這裡的陽光，分一點給你。令人喪氣的事很多，日子還是要過。我這裡的好消息是，我家的蓋斑鬥魚，吐泡泡了。你說，那個笑笑的孩子，會不會變成一隻魚，從泡泡裡冒出來呢？我不相信鬼神，卻很渴望輪迴存在……

身為女鬼的你，能不能告訴我，你那邊的世界是什麼樣子？
期待來信。

阿美

作者 （鄰家女鬼）
標題 Do you want to build a snowman?
時間 Nov 10 03:20:32 2032

親愛的阿美：
突然想到你叫阿美，那麼，你吃鳳梨罐頭嗎？（笑）
（我只看過《重慶森林》，沒看過《美國心玫瑰情》。讀你引用的臺詞，想必是很精采的電影，我之後會再找來看看的！我看過的電影很少，孤陋寡聞，請見諒：P）
好啦，不開玩笑了。這麼嚴肅的一封信，我會很認真地回應。
我想，那個孩子，他不會變成一隻魚。雖然自稱為女鬼（太中二啦 XD），我卻不相信神，也不相信輪迴。希望你不要過於自責。我由衷地，為那個孩子感到開心。
那個孩子，如今是我的同類了。他是自己決定要踏上這條路的。我深信現在的他，想必很開心，說不定正躲在我們旁邊偷笑呢！信不信由你，有時候，看起來不存在的，隱形的事物……相較於活體，反而更有存在感。
「快跑！那邊有一個人臉盯著你笑！」倒退三步。
「我有陰陽眼喔，那邊很多，千萬不要過去……」尖叫逃開。

你也曾去過畢業旅行吧？或者大學的迎新吧？太陽下山之後，學生們最喜歡的活動，就是「夜教」了。午夜時分，整個系所的同學，在校園裡疾走，自己嚇自己。那些校園傳說，明明都爛透了，還是讓所有人驚聲尖叫……

你也曾思考過死亡的議題嗎？

我覺得，能夠決定自己如何死去，非常幸運。

老死是悲哀的。意外死是無常的。病死是無力的。可是自決卻不是。

自決的姿態是浪漫的。自決是有意志的走。

因此，我從來都不覺得他們是真的死了。他們只是去另一個國度逍遙，手上捏著船票，愉悅地遠行。作為親友，作為曾經的重要他人，應該開心地送行才是。

倒是很想聽聽女孩的故事（笑）

信的尾聲，我想要說一點好笑的事。

既然要談女孩的故事，我們不妨先聊聊喜歡的女星吧。國高中的時候，你還記得班上少男少女們的偶像是誰嗎？北川景子？有村架純？綾瀨遙？新垣結衣？

結衣我老婆。

新垣結衣儼然是我們這一代，每一個人的老婆。

我是在大學之後，才知道，原來國民太太不是廣末涼子啊！那時候，結衣還沒有出現。我的記憶，仍停留在上古世紀。在我的中學時期，只要是可愛的女孩，無論五官像不像，我們都叫她們廣末涼子呢。學校附近的文具店，賣最好的，也是廣末涼子的護貝照片（笑）

你記憶裡的那位女孩呢，是什麼模樣呢？

期待來信！

女鬼

作者　（渡邊阿美）
標題　Do you want to build a snowman?
時間　Nov 17 08:19:28 2032

親愛的女鬼：
嚇！該不會我們讀的是同一所國／高中吧！
我們班的偶像，也是廣末涼子耶。有時候午休，還會有人從家裡ㄎㄧㄤ來廣末涼子的寫真集，讓大家傳閱。那時候新垣結衣是不是還沒紅起來啊？好快哦！這些明星也慢慢變老囉！
還記得，除了哈日，當時還有很多人哈韓。比如說Super Junior 啊，他們是我認識的第一個韓團。剛出道的時候，他們是一群大男生，排成工整的隊形，在舞台上熱鬧地唱唱跳跳⋯⋯現在都不知道跑到哪去啦。
你想聽聽那個女孩的故事啊？（笑）
我們的故事很複雜喔，希望我講完之後，你不要恨我。
我曾經是一個很過分的人喔！高中的時候，班上的女生，不是很容易有小團體嗎？可能有社交障礙吧，我很難打入她們。而那個女孩，她是真的很可愛，我們就叫她廣末涼子好了。廣末涼子是她們的核心，她們的領袖人物。我明明很喜歡她，也很喜歡她們⋯⋯卻無法進入。

雖然很像是推託的說詞，可是，我開始犯錯了。
為了接近她們，為了討好……我開始捏造故事，為自己編織不凡的身世。那些精采的故事，當然都是假的，她們卻這麼相信了。她們竟然誠摯地歡迎我的加入。
說起來很悲哀——真實的我死掉之後，反而比較被愛。
話雖如此，也只有她們愛我。在我終於打入她們的小圈圈之後，我意外地擠掉了她，變成了圈圈的核心。為了證明對我的忠誠吧？她們竟然聯手排擠她，把她推出圈圈之外……我終究和她沒有緣分。
我親愛的廣末涼子，那女孩，我親愛的女神，不知道她過得好不好呢？
欸，不行，講到這裡先打住吧！幾次魚雁往返，幾乎都在談我的事情。
女鬼，你有煩惱的話，也請告訴我吧！或者，你也可以和我談談你自己。我也想知道你的身世啊，譬如你是怎麼死掉的？死掉之後，你怎麼活？
近來氣溫驟降，我這邊的太陽被吃掉了，請務必注意保暖啊！

阿美

作者　（鄰家女鬼）
標題　Do you want to build a snowman?
時間　Nov 19 00:57:44 2032

親愛的阿美：

關於我，就來談一談死掉這件事。

你說，死掉的你比較被愛，看來你也是鬼嘛！

每個人大抵都死過一次兩次，說來中二，這種病好發於青春期。

我常常想，青春期之後，代替我們活著的，都不是我們自己了。

有自覺的，和你我一樣，坦然地化為鬼，苟活至肉身消亡。沒有自覺的，追逐青春的幻影活下去，不知老之將至——久而久之，渾身輕盈起來，看不清自己將飄向何方，那是傷人的孤魂野鬼了。至於沒有死過的人，他們多半沒有自己的身世……不知道該說是至福，還是悲哀？我不予置評。

我的死，也關於女孩。緣於她，我心裡留下遺憾。

我想，此生，我始終積欠自己一個「女朋友」吧！

我和你一樣，曾經很喜歡某一個女孩，想和她變成朋友。但是我始終被排除在外。她從來沒有正眼看過我一眼。後來，我離開那個圈子，結識了另一個總是默默躲在角落，在教室邊緣遊走的女孩。

是了，她才是我生命裡所有傷害的原型，人生中的對手。

我們故事的開頭，是她突破重圍，救起了我。

厭食的時候，她哄我吃飯。心碎的時候，她帶我去操場唱歌。上課不小心睡著的時候，她幫我抄重點。她努力以她的行為告訴我，她們排斥我，她們嘲笑我，都沒有關係。有她在，她會保護我，陪我走過艱難的中學生活。為了我，她甚至努力過，試著打入她們的小圈圈，把我交還給她們。

後來她成功了，我卻看出她渾身不自在。於是我們離開，坐到遠離她們的前排。我們肆無忌憚地翹課。午餐時間，我們躲去廁所吃飯，窩在走廊交換所有心事……她是願意接納我的女孩，善良可愛，或許我曾有機會能免於傷害。

欸，你有沒有想過——雖然衝動可能壞事，但也未嘗不是逆轉人生的契機？我時常想起，中學畢業旅行的那天晚上。倘若我鼓起勇氣，擁抱她，輕觸她的臉龐，放輕鬆，不那麼緊張——我們之間，有沒有機會萌生友情以外，那麼一點其他的感情？

可是我沒有。我們安穩的友誼持續到大學。直到她交了男朋友。
總是這樣，失去之後，才懂得珍惜。失去她之後，我才突然感覺到痛，遠比過去每一次失戀還痛……
時至今日，我還記得那通電話。我們在電話裡，聊了整個晚上，她的語氣溢滿幸福：「欸，我跟你說，我死會了喔！我們以後，可能會比較少見面了。」「最近好忙啊，要工作還要讀書，突然又多了一個人要陪。靜，你在那邊，要記得多交幾個朋友，要好好照顧自己啊……」
霎時之間，我突然清醒過來——對了，我也是有名字的——宜靜，這是我的名字。我們去了不同的大學，不同科系……她也找到可以依賴的伴了，她那通電話，是要丟掉我了吧？我決定再一次離開。不願也不想看他們在一起。然後，然後我就死掉了。
弔詭的是，意識到自己也喜歡女孩的這件事情，對我的人生，並沒有造成戲劇性的影響。
我還是繼續交男朋友。
比起搭訕女性，和她們發展關係——還是和男性一起，我比較在行，甚至不費吹灰之力。所以我想，我始終虧欠自己一個女朋友吧！只要看到心儀的女孩子，我就會害羞直冒冷汗，根本無從發展戀愛。
我的故事很短，一封信就講完了。

回應你上一封信，你說你死掉之後反而比較被愛，你應該高興才對吧！

你看我，我不僅沒有被愛，還非常悲哀。因為我無力改變啊！眼看著人生的另一種可能性，大剌剌地自指間溜走……我也只能苦笑，只能安分地當鬼了。

期待回音。

女鬼

作者 （渡邊阿美）
標題 Do you want to build a snowman?
時間 Nov 25 18:44:32 2032

親愛的女鬼：
花了將近一個星期，咀嚼你的長信，卻不知道能回應你什麼。怎麼回都傷心。但仍想和你說，你不要難過，你是善良的好人。
你不曾為了愛，做出傷天害理的事情。
你只是膽小。你只是比較怯懦。
我相信，即便你因為無法忍受痛苦，而選擇了離開……
她一定能明白你的心意的。畢竟有時候，不存在的事物，反而更有存在感，不是嗎？
謝謝你的故事。謝謝你願意和我分享。
我突然有點感激這個世界。謝謝電腦，謝謝網路，謝謝PTT 把我們串在一起。此刻，我感覺我們之間的距離，靠得很近。我覺得很溫暖，真的，和朋友聊天的感覺很久沒有了。溫暖且青春。青春的感覺，當然也是，很久沒有了（笑）
很想衝上前去，給你一個大大的擁抱。
只是不知道，你會不會嫌我髒呢？

匿名，隔著網路，我終於可以和你道出我的祕密，和所有實情。我甚至敢對天發誓，我對你說的每一句話，都是真實的。親愛的女鬼，這樣你就知道，我這個人有多卑劣了。

你還記得，上一封信我曾經說過，我很喜歡編織自己的身世嗎？

為了打入群體，為了盜取友情和愛情……我甚至還虛構了一篇遺書呢！

我就像是個看似經驗老道，性生活精采的婊子，脫下裙子，被拉下褲子，被推倒之後，卻突然嚷嚷起來，哎呀，我其實是處女。這其實是我的第一次。很抱歉這麼晚才跟你說，可是，我由衷希望你滿意。

高中的小事件，其實，只是個小小的開端。就只是我騙那群女生說，我不是處女了，這樣而已。大學以後，我遇見了 Lee。因為他的建議，我才開始了謊言不歸路。

大學的時候，生活太操勞了，我從一個大胖子變回了肉肉女，開始想要經驗愛情。然而，對那些吸引我的人來說，我就是個新手村的孩子，妄想越級打怪。當時我很迷戀一個人，他的名字已經忘記了，總之就很渣——同時交好幾個女朋友外，他還有很多床伴。

青春嘛！當時我就是個傻妹。

我想要很多很多的愛，而他豐富的情史讓我非常羨慕。

因此我想著，如果他能拋下一切愛上我，那該有多好？我的感情是一片空白，倘若能擁有他，似乎便意味著，我間接擁有了他全部的歷史。

然後我遇見了 Lee。

Lee 足足比我大了 25 歲。Lee 的經驗豐富。Lee 以關愛的目光看我。

Lee 把我當成小孩，我有什麼問題，都可以向他請教。

「欸，叔叔，你能不能幫我開苞？」

「幫妳開苞要幹嘛？」

「我想要追○○○，但是，顯然我不是他的對手。」

「我才不要！妳年紀太小了，我沒有興趣。」

「別這樣說嘛，拜託……」

「也是有不用開苞的方法啦！妳們女生，最厲害的武器，不就是『那個』嗎？每個月來一次的那個啊。妳就去跟他吃飯啊，故弄玄虛啊，露出妳的脖子妳的肩膀啊。緊要關頭的時候，妳很聰明，應該知道怎麼做吧？操作得好的話，我覺得，妳說不定有機會撼動他喔。放心，妳很可愛啦。」

沒想到，後來，我很輕易就成功了。

再後來，成功的次數多了，我覺得也無所謂撼不撼動了。

緣於 Lee，緣於想要蒐集很多很多愛的心理，我始終在他們外圍繞著圈。我學習他們的說話方式，編織複雜的感情故事，引誘他們愛我……然而我未曾真正進入，或者說，被進入。

因為我是處。

因為我覺得羞恥，我沒辦法向他們坦承，這其實是我的第一次。

我們因為故事靠近，便終要為了虛構故事的罪而分開。

我熱愛我的婊子形象。我不要他們破滅。我熱愛每一個我苦思整晚，編織出來的故事。哪怕我多麼心虛。哪怕我多麼害怕終有一天，面對這群有處女恐懼，身上散發強烈費洛蒙的男人們……我精心構築的謊言終要被戳破。

呼，坦承地說出來了。

你大概是這個世界上，唯一一個，知道我祕密的人了。

你會笑我嗎？笑我的純情，我的笨？

阿美

作者 （鄰家女鬼）

標題 Do you want to build a snowman?

時間 Nov 27 04:55:32 2032

親愛的阿美：

我想你不吃鳳梨罐頭。

鳳梨罐頭太酸了，然而你很甜，甜得非常可愛。

我當然不會笑你呀！你說我不過是膽小怯懦，你又何嘗不是呢？何況活在我們這個時代，好像沒有過幾個床伴，就是落伍，就是陳舊的保守派似的。

我只是有一點好奇，你說自己正在平衡太太這個身分，正在適應婚姻……你的事情，你先生知道嗎？他又是一個怎樣的人呢？

虛構故事才不是罪惡：心懷不軌而虛構的人才是。

你不髒，你不討厭。

來，大力抱一個！（抱緊）

和你對話，讓我又想起中學時女孩子們的小團體，以及身處其中的遭遇。也只是很平靜地想起，沒有太多的情緒。雖然，那曾經是我重要的身世呢，所謂生命故事。

年紀小的時候，很笨，很喜歡說。逢人便描述生命裡的傷害，顯示自己其實是好強的易碎物，渴望被捧入手心。活到現在，生命裡的遇見越來越多，卻突然感覺自己其實無足輕重。失戀誰沒有過。欺凌誰沒有過。被排擠，被當成空氣，被各式各樣難聽的言語羞辱……誰沒有過，便閉口不提了。

作為你坦承的回饋，我願意寫信告訴你，我做過最戲劇化的事。這是我的最高機密，只告訴你，請你不要取笑。

阿美，你曾和誰提過分手嗎？

阿美，你曾和誰提了分手，卻打從心底捨不得嗎？

阿美，我曾經很害怕，很害怕被拋棄。我明白被遺棄的苦，卻是在很後來才明白——比起被誰拋棄，拋棄別人更需要勇氣。

前幾封信，曾和你提過，我毅然決然地，離開了我生命中的女神。這便是我人生中做過最戲劇化，也是最任性的事。這是我唯一一次，為了讓自己不要再感覺到痛，奮力推開別人。我卻不願意見她受苦。我自導自演，在她的人生裡，留下最後一場戲。

「宜靜自決了。」首先，她會接到這樣的電話，「宜靜好像加入了奇怪的宗教團體，宜靜說，她要嫁給主。」再來，他們會這樣議論我：「宜靜不想見妳。宜靜說為了主，為了信教，她不惜割捨掉妳。宜靜甚至連自己的生命都要丟棄……」

對，「為了主」，就是要這麼荒謬。

我編織惹人白眼的教義，惹我的女神生氣。

我在醫院絕食自殺，惹我的女神專程從南部趕來，見我一面。

然後，我們終於可以不要再見。

女鬼

作者 （渡邊阿美）
標題 Do you want to build a snowman?
時間 Nov 30 01:22:46 2032

親愛的女鬼：
妳明明很溫柔啊！女鬼。
所謂道別，本來就是宣告，彼此即將奔往不同的世界。聽起來很殘忍，可是我認同你的做法。雖然怪誕，甚至有點令人啼笑皆非？可是這樣「遁入不同世界」的方式，你其實是在以你的方式，向你的女神宣告——你的離開，不是誰的錯。這樣做，應該能把他推離自責迴圈吧？你們都辛苦了！
上一封信，你問起我先生的事。真是好問題，我先生是個怪人（哈）
前幾封信，我曾經和你提過，我特別喜歡渣渣的男性。遺憾的是，直到現在，這個壞癖性，我還沒完全改過來。我先生就是這樣的人。
我們是在交友軟體上認識的，連續聊了六個小時的天後，就在一起了。弔詭的是，他不怎麼愛說話，更不喜歡談起自己。我總覺得，他是在默默守著自己的故事。守口如瓶。

是不是水瓶座的男人都這樣呢？

就拿瓶子來比喻，他一定是這種容器——瓶口窄窄的，瓶身寬寬的，伸手卻無法觸及最深處。不論我怎麼問，不論我如何蒐集他的喜好，費心拾起每一個故事的零碎片段……他始終沉默，無動於衷。

他的沉默讓我非常困擾。我們彼此認識不深，就糊裡糊塗地結了婚。我以為婚後他會願意敞開心扉，可是沒有，他反而變得更加沉默。

寫到這裡，我突然想到 PTT 十大懸案之一，BG 版的名篇〈求助：我快結婚了，但我卻不熟我老婆……〉，作者不明，發文的是 BG 版專用的匿名帳號。每一年，鄉民們都會把這篇文章再推爆一次，期待作者更新後續消息，卻渺無音訊。

這篇文的網址如下：

https://ppt.cc/fc3Yex

這篇故事，寫的是一個肥宅的家裡，突然闖來神祕的女孩。那個女孩的名字叫作小文，她是某個長輩的女兒，據說是同校的學妹。長輩們介紹小文和他認識，很有相親的意味，他原先還不以為意。沒想到，從此小文常出現在他們家，幫忙做家事，討好他的家人，營造甜蜜交往的假象。

小文做得太多了，在他們看來，她根本是還沒過門的媳婦。每個人都以為他們非常恩愛。她總是在他的家人面前，展現她的濃情蜜意。沒有人知道，他們兩個人根本不熟。

天上掉下來的老婆，好像也沒什麼不好，他試著和小文變熟。奇怪的是，只要他們的視線一移開，無論他怎麼努力和她說話，怎麼和她聊天……她總是嘿然冷笑，始終沉默，死不回應。甚至把他的手推開，裝作不認識，連牽手也不願意。

這樣的他們，竟然真的要結婚了。某天他一踏進家門，看到長輩們都穿著正裝，開心地恭喜他。太詭異了，他真的不行了，他完全不知道該如何面對小文，才上網發文求助。

要說我和我先生，跟那篇文的相異之處，大概就差在肢體接觸吧？

我們第一次見面就做愛。我們做完愛便決定廝守終生。

我對他一無所知。我不知道他的過去，也從來都不知道他的身世，只知道他在破爛的學生宿舍當保全。朋友們都勸我再想一想，保全低薪又沒前途，根本是難以啟齒的職業……可是我還是非常愛他，決定和他結婚。

是不是很奇怪？我愛他。我根本是發了狂地愛他。

面對沉默的他，我根本忍不住，不停地發問——你愛我嗎？我是你的初戀嗎？你為什麼答應跟我結婚？你過去到底有過多少個女人啊？你的星座是什麼？你玩交友軟體玩了多久？你……？

面對我的提問，他和小文一樣。他死不回應，始終沉默。

啊，忘了說，和他做的時候，是我的第一次。

明明很痛很痛，我卻假裝很享受，傾盡全力配合演出。

努力果然會有回報！做到後來，越痛越爽——簡直可以說是我人生寫照。我就是 M 吧？我喜歡痛，喜歡渣，喜歡難以捉摸。

而我想，我大概演得很好。

他沒有停下來。他不知道我是處。我大大鬆了一口氣。

好像不小心說得太多了，就寫到這裡，期待來信！：）

阿美

作者　（鄰家女鬼）
標題　Do you want to build a snowman?
時間　Dec 17 02:18:22 2032

親愛的阿美：

抱歉，這麼晚才回信。

最近發生了一些事，時間被切得很零碎。沒辦法坐下來，專注地回信。但是，即便如此，我還是把你的信，反覆讀了很多次。那些故事的細節，非常耐人尋味。你寫來的故事，總能讓我回味再三。

因為一些原因（等安頓下來再告訴你），我告別了一些人事物——近期我正在忙著搬家，另覓居所。這陣子，應該沒有餘裕回信了。也許在路上，或者，待我找到新住處的時候，我會寄一封明信片給你。要麻煩你再等我一下。

忙碌歸忙碌，我們都要保重。

疲憊的時候，請不要忘記，遠處仍有一個人惦念著你。

我始終惦念著你，惦念你的故事。

這是我的信箱：angeltsai0317@gmail.com。

如果有什麼急事，你可以聯繫我，我會盡快回覆。

要是方便的話，也留下你的吧。
再給我一點時間！：）

女鬼

任意門

道具說明：握住門把，仔細想像——你只要想，就能抵達。

豆知識：你知道嗎？大雄想去靜香家，打開門，總是在靜香的浴室。不知道大雄有沒有潔癖。愛洗澡的靜香，在大雄心裡，遠比愛讀書的靜香還要漂亮。

他熱愛她的奶，肥嫩得好似木瓜，King Size，一掐就要出水。

他熱愛她的臀，比夏奇拉的要豐滿好看。他喜歡在她轉身後偷抓幾把，那是每天上班之前，他們慣常玩耍的小遊戲。

他熱愛她腰間的肉。是腰間的肉無誤，因為，她沒有腰。他喜歡她近乎沒有曲線的身材，麻糬似的她，似乎連帶使他了無生趣的日常都柔軟起來。

如此完美的她，竟然還每天說愛他。

「愛你哦！上班加油！掰掰！」

愛妳哦，闔上門前，一個飛吻。

可是他就是知道，他總是讓她在親戚朋友同學同事面前，抬不起頭。

譬如那些不知道為何舉辦，說些陳腔濫調的故事敘舊，令人難為情的同學會。還有無聊透頂，不能缺席的學期末教師聚餐（天哪，而且他們窮到每年都在學生餐廳舉辦拿手菜聚會！）又或者，逢年過節的時候，大群親戚聚集到她身旁，什麼不問，偏偏要不約而同地問起他這個配角——

「美鈴，妳老公看起來一表人才，他是做什麼的啊？」

「哦，他是立法院長的隨扈。」

「哇！那他一定保護過王金平囉？改天能不能幫我要簽名！」

「不行啦，怎麼可能亂簽名。而且現在的立法院長，早就不是王金平，也不是蘇嘉全囉——」

對話結束。他們對他投以崇拜的眼神。大膽一點的，甚至伸手捏他手臂上的肌肉，隨口讚歎好結實啊。

雖然尷尬，不過很快地，他便懂得如何應付這類場合了。他只要閉嘴就好。

他只要露出適切的微笑。其餘的，他大可以放心，全權交給美鈴。

他只要乖乖的，不要不識相到，如實說出這句話就好——

「其實我根本不是隨扈，更別提什麼立法院長了。我只是某棟大樓的保全。我什麼也不是。」

○

他真正的工作，是學生宿舍雇用的保全。

那棟破爛的學生宿舍，已經有三十多年的歷史了。大樓的磁磚剝落，掉落面積不斷擴大，年年修補也還是剝落。走進大樓裡，地板總是油油的，怎麼洗也洗不乾淨。唯一值得欣慰的是，學生們睡的床，是水泥砌成的——經過九二一地震，也還是屹立不搖，沒有一絲裂痕。

他的工作內容單調，生活非常規律。

每天正午前出門，工作到傍晚吃飯小睡一下，再工作到凌晨十二點交接。交接完畢，才騎車回家。偶爾，他們會對調工作時段。由他看凌晨的班，讓他的另一個夥伴可以在夜裡，安穩得睡上幾天好覺。

他們換班的日子，多半是假日。方便他保有整個白天，還有晚餐到午夜的時間，和美鈴膩在一起。他們終於可以一起睡到中午，一起吃飯一起淋浴，然後安靜地做整個下午的愛。

做愛，是他用來表達愛，最有力的方式。誰叫他不善言辭，和美鈴第一次見面，他們便上了床。他緊緊擁抱她，觸碰她，親吻她的每一寸肌膚。他以行動回答她的每一個疑問。

「我美嗎？我和網路上的照片有落差嗎？」吻她的臉頰。

「我這麼胖，沒關係嗎？」吻她肥滿的雙下巴。

「你在訊息裡，你說的是真的嗎？你真的愛……」吻她肚子上的脂肪，吻她渾圓的臀，吻她的恥毛，吻她的……。

填滿她身上所有的洞，封住她的嘴巴。

他不懂，何以女人總是這麼愛說話，這麼喜歡反覆確認，你愛我嗎？（只要妳少說點話，睜開眼睛，看清楚我的所作所為……不就知道了嗎？）

話雖如此，他們卻是透過交友軟體認識的。隨機語音交友軟體。不必放個人的照片上去，不必暴露過多資訊。唯一透明的，是彼此相隔的物理距離，彼此的年齡和興趣。

按下聊天鍵之後，是漫長的等待。等待配對成功，等待遠處的另一方按下通話鍵。

「喂？」

忘記美鈴是他遇見的第幾個女人了。在遇到她之前，他通常都只有被掛電話的份。他不擅長說話，對自己的聲音也沒有自信。每一次接起電話，他總是要倒數個十五秒，才願意出聲。

「喂？你再不說話，我就要掛電話了喔——」非要等到這句話，他才願意開口應聲。美鈴是少數願意等待他出聲的女人。他應該可以相信他之於她的獨特。

剛認識的時候，他們都聊些什麼呢？

聊吉他？聊工作？聊今天的晚餐？或者，聊今天的宵夜吃什麼？

不記得了。

他應該記得才對。

畢竟，他們結識的交友軟體設定是這樣——只有在晚上的時間，才有隨機聊天的配對服務。配對成功之後，系統隨機提供「引導話題」，興趣，喜歡的食物，或者就讀的學校之類，讓兩人順著提示話題聊下去，判斷彼此適合與否。

系統限制的配對聊天時間，只有七分鐘。

如果在時間內覺得投緣，互相點擊喜歡，你們便能成為好友。再來，便輪到你們自己設定問題，考驗彼此的默契。你們必得各自答對一題，才能通過關卡，取得更多的連絡資訊。如此嚴苛的篩選機制，剛配對的時候，要是有一點話不投機，那肯定是謝謝不連絡。

詭異的是，按下配對鍵之後，他和美鈴的七分鐘時限，關鍵的引導話題，還有他們究竟是如何通過了種種試煉，進而成為好友，交往約會……他的腦袋像極了慘遭暴打的小豬撲滿，遍地都是記憶的碎片，怎麼湊也湊不齊全。

他們相識的回憶，無論他如何努力回溯，都想不起來了。

○

和美鈴交往之前，他還沒調整工作時段。

當時，他的班總是午夜十二點到中午和現在完全相反的時間。因此，他才能夠認識美鈴吧？

雖然他們的聊天內容全忘光了，他卻仍清楚記得，和美鈴的通話時間，是午夜十二點整。那時候他才剛開始上班，每一個獨身的夜晚，都讓他感到生命的無趣和漫長。美鈴一定是他的救世主。她的那一聲「喂」，豐富了他無數個夜晚，不至於百無聊賴。

愛的徵兆，最明顯的，或許便是難以察覺時間的流逝。相識的那天晚上，他們的話題從沒間斷，不知不覺便從午夜聊到早餐時間。心有靈犀，彷彿遇見了另一個自己，聊日常瑣事都覺得有趣。

他們常常聊到嘴巴都乾了，喝光房裡所有的水。

「好了，先這樣吧，明天還要上班呢！」他們聊到累了想睡了，不忘在睡前互相叮嚀，要記得刷牙上廁所哦！他們隔著螢幕上顯示的，雙方的物理距離（台中到台南的一五四．五公里），甜蜜地互道晚安，一起陷入深沉的睡眠。

他們握著手機，彷彿正窩在彼此身邊，甜甜地睡去。

這是喜歡。這是感情。這是愛。

然而，他還是忍不住反問自己——難道遇見美鈴以前的那些女孩，她們都不算數？

失去了和美鈴之間的回憶。他卻仍清楚記得，遇見美鈴以前，那些伴他度過漫漫長夜的女孩們。也是從一聲「喂？」開始。也是讓她們等了十五秒以上，她們耐心地等他開口。也是差點以「喂？你再不講話，我就要掛電話了喔——」道別，賭氣似的語氣。

也是心有靈犀。也是不間斷地，填滿彼此的孤寂夜晚。也是彷彿遇見了世界上的另一個自己。

照理說，他應該也可以相信她們的獨特？

不。他才不信的。

那不是喜歡，那不是感情，那不是愛。

回憶固然時常過度地美化，可是更多時候，回憶卻只是凋零。他想起自己曾讀過一本關於記憶的書，作者提到，人們慣常忘記幸福的回憶，因為根本沒必要記。然後他又讀到另一本書，那本書的作者持反對意見，花了很長的篇幅談論人的自我保護機制，強調人習慣忘記難堪的記憶。

記憶之牆隨著時光走遠，逐漸斑駁掉漆。
究竟什麼是真實？他沒有把握。面對過去的回憶，他情願謙卑地低下頭來。
他願意勇敢地大聲承認：他沒有回憶，他只有故事。
趁著還沒有完全遺忘，他決定趁著無聊的上班時間，把所有殘存的故事寫下來。

○

1.

他認識的第一個女孩，聲音柔柔的，語氣卻非常冷淡。他想，她應該是傲嬌屬性的貓型女子吧？外冷內熱的那一種。他打算從貓咪聊起。
賓果。
女孩果然擁有一隻貓。一隻黑白相間的黃眼賓士貓。
「牠是我的家人哦！」女孩說。
「那我也可以和妳成為家人嗎？」畢竟是第一次聊天，他太猴急了。
也許是被他的反應嚇到了，女孩很快便按下通話停止鍵。

苦心想好的話題，還沒開場，就結束了。

2.

第二個女孩的性格，非常古靈精怪。

她的開場白竟然是這樣：「嗨嗨，晚安啊，我是揮灑精液的男子！」

他很快回話說，最好啦，妳少騙人了！妳的聲音這麼好聽，怎麼可能身上長著一根雞雞。

女孩一聽到雞雞，立刻笑了出來：「可是，現在不是很流行『夾起來』的男人嗎？」外表看似女孩，實則會「彈出來」的那種。

後來他們相談甚歡，變成很好的朋友。半年後，兩個人終於約出來。車子都還沒開到旅館，她便把他吻得燥熱難耐。在路口停紅燈的時候，她狂熱地撫著他，他差點踩不住煞車。走到下一個路口，又是期待的紅燈，他終於忍不住，奮力往兩腿中間一抓……

女孩沒有騙人。女孩真的帶把。

而且她那根巨大挺拔，直挺挺站著，還微微出水呢！

3.

第三個女孩聊起天來很合。性器也很合。

順利上了幾次床，然後就莫名其妙被封鎖了。

連道別也沒有。應該是突然交到男朋友了。

4.

他不怎麼期待網路上的邂逅了。他瞬間消極起來。

反正能聊天就聊天，能約就約吧。帶把的也好，好歹還能互道幾句早安午安晚安。

有人在遠處等待的感覺很好。有人不間斷地回覆訊息很好。哪怕走到最後，全都只是一場夢……也很好。

忘了是誰曾經說過，男人和女人相遇，免不了期待著彼此之間，那麼一點點的可能性。何況相遇的媒介是網路。雙方蒙著面紗，純粹以訊息和聲音交流——冒險的心情參雜一點點心動，好容易燃起愛火。

他認識的第四個女孩，是在他決定放棄的時候相遇的。

還記得，交友軟體丟給他們的引導話題，是「椅子」。那時候他很消極，只對她隨便描述了放在老家庭院的，爺爺自製的竹編躺椅。他說，他很懷念夏天的時候，他們把椅子搬去庭院的蓮霧樹下乘涼。雖然蚊子很多，全身都被叮成紅豆冰——他還是喜歡在庭院午睡，看陽光穿過樹葉，非常享受。

女孩咯咯笑了。那是他第一次聽到咯咯的笑聲。女孩說，她的嗜好是窩在椅子上睡覺。她喜歡蒐集各式各樣的椅子，惟獨沒試過竹編躺椅。椅子遠比床還要舒適。她喜歡椅子更甚於床。她非常鄭重地，把竹編躺椅納入口袋名單。

「還真是奇怪的嗜好……」

「對吧！」

更奇怪的是，他們便這樣聊開了。他第一次知道心有靈犀是怎麼一回事。太多徵兆了，太多證據了，絕對不會是巧合。

想她的時候，她的訊息或電話，幾乎即時出現。心情不好的時候，她總是能在他的聲音裡聽出異樣，猜出原因。值班到一半肚子餓了，正猶豫該不該吃宵夜的時候，她不忘發送美食的照片給他，挑逗他，慫恿他，吃吧！吃吧！

他們日日夜夜閒聊彼此細瑣的日常。

逐漸熟悉之後，他們甚至聊到小時候的夢想，小學國中時的暗戀對象，高中的初戀，大學的戀情，出社會後的歷任對象。

他們的默契，在無聊的生活裡，慢慢地建立起來。早安午安晚安。他突然感覺上班不再那麼漫長了。某一個平常日，他們又聊到深夜。互道晚安之前，他在電話上，誠摯地對女孩告白。女孩先是沉默了一陣，才提議要和他見面。

「見面之後，你再決定要不要喜歡我好了。」女孩說。

「能見面當然好！可是，也沒什麼好猶豫的，我很喜歡妳呀。」

「我也很喜歡你哦！我甚至上網搜尋過你的照片。雖然這麼說，有點不好意思。只要看到你的照片，聽見你的聲音，我生理上就好興奮呢……」

這次他畢竟是學乖了。他可不想在開房間之後，才發現她裙子底下，藏著怎樣駭人的小祕密。他也不想在她的床上玩到一半，被重重的敲門聲驚嚇，倉皇地藏進衣櫃。

「見面之前，我們先視訊吧！」他說。

「好呀！」事不宜遲，她立刻加了他 LINE。

確認無誤。她的房間裡沒有男人的痕跡。

她穿著米白色的雪紡襯衫，搭配寬鬆的紅磚色吊帶裙。她留一頭日系的俏短髮，微微露出的小耳朵像極了餅乾，他很想咬一口。她白皙的臉上，鑲有一雙少女漫畫般的雙眼皮大眼睛。她瞇眼笑起來，非常純真可愛。她是渾身散發透明感的療癒系清純女孩。

「我去找妳，」只視訊一次他便無比確定，「我們約在哪裡？」

「就約在我家巷口小七吧。」

見面那天，他懷著滿心期待出發。他們約定打開手機定位功能。他們的心跳，隨著物理距離的縮短，逐漸加速。咚咚咚咚咚。心跳的頻率和彼此之間的距離成反比。咚咚咚咚咚。也許是他的數學不好。他第一次知道，原來世界上存在這樣奧妙的算式。

「妳在哪裡？」走進小七，遍尋不著她，於是他按下語音通話。

「我就坐在小七門口，你剛剛有路過喔。」她幽幽地說。

那些端坐在小七門口的，不都是枯老的，賣彩券或口香糖的老人嗎？他想起自己曾向坐輪椅的阿婆，買過兩百元的刮刮樂。回家之後，他掏出十元硬幣刮開銀色的底，刮了老半天，只有一句「銘謝惠顧」。

照著她的提示，他緩緩走向門邊，定睛一看——他才突然驚覺，小七門口，那個坐在輪椅上的女人，竟然有一張清秀的面容。

「你被嚇到了吧？」她發出咯咯的笑聲，緩解尷尬。

「沒有啊，只是想，難怪妳喜歡椅子。」他故作鎮定。

他漫漫地回想起她給他的種種暗示，其實可以算是很明確了，是他自己沒有察覺。可是，要他在見面以前就發現，也不可能。他們視訊時總是坐著。他翻遍她的臉書或IG，所有能找到她的社群軟體……她上傳的每一張照片，也全都是坐著。

他突然覺得，女孩還算是有一點良心——願意在第一次見面的時候，便告知他自己身上的缺陷。她如果真的有心要瞞，大可以直接和他約在餐廳，何必先約在小七會合。

他們面對面，開心地坐著吃飯。她拿起手機，請他為她和餐點拍照，逼他一起入鏡自拍……他們看起來，像極了甜蜜的情侶。倘若沒人說破，誰知道他們是第一次見面的網友。誰知道這麼漂亮，走在路上回頭率極高的女孩，竟然是下半身癱瘓的殘障。

「沒有車禍，沒有意外事故，也沒有治療的方法……我一出生就是這樣了。」女孩擠出俏皮的甜笑，緩解尷尬，為困惑的他解說：「要我恢復正常？除非奇蹟發生吧！」

吃完飯之後，女孩領著他到家裡，示意他一起走進廁所。

她一邊動作，一邊告訴他，現在是我的排便時間哦！她當著他的面，拿出一個塑膠大針筒，咻咻咻朝自己的肛門灌水。然後嘩啦啦地一瀉千里，他們中午吃的炸蝦咖哩飯，奶焗白菜，玉米濃湯，珍珠奶茶……通通離開了身體，還隱約能辨識它們的形貌。

那間餐廳是太油膩了，澱粉太多了。它們上方，甚至還浮著淺淺一層油。她忙著清洗自己，他卻茫然地想起國中的物理課——老師說，水的密度是一，油的密度是〇．八。所以我們可以得知，油會輕輕地浮在水面上。

「我習慣在每天的中午跟晚上排便。」按下沖水鍵，她很坦率地告訴他：「很噁心吧！可是也沒辦法。下半身癱瘓，這樣做，大便才會出來。」

「我已經把最噁心的一面展示給你看了。這樣的我，你也可以接受嗎？」

「讓我考慮一下。」他有一點掙扎。他需要一點時間。

搭了兩個小時的車，他終於回到家。

捂著肚子，忍耐著，憋著就快要爆出的屎，他奔向浴室。

他的屎，也是咻咻咻就出來了。是吃壞肚子了吧？他的肛門感覺到酸。酸酸的屎，全化為水的形狀，通過他的腸和肛門奔向馬桶。

按下沖水鍵的時候，他突然感覺豁然開朗——他和她並無不同。

他拿起手機，想要給她一個明確的答覆。

應該用怎麼樣的語調呢？輕快一點好，還是甜蜜一點好呢？無論如何，他都想真心誠意地對她說：「我們交往吧！」

在愛面前，他所有的原則願意全面投降。

讓我們交往吧。這樣的妳我也可以接受。我認真的。

心有靈犀。

她卻先他的電話一步，傳出了簡訊。

「抱歉。認真想了想，我果然還是不願意屈就。」

不願意屈就？他不太明白，她的話究竟是什麼意思。

他繼續把簡訊軸往下拉，拉到底，卻出現好很長一段他不解的文字：

「其實我有喜歡的對象了。我不敢跟他告白，才上交友軟體找人聊天。

這陣子，你分散了對他的注意力，我不再那麼患得患失。

謝謝你的告白，因為你的存在，讓我有了自信。

我果然還是想奮力去爭取我的愛情，才不會留下遺憾。

謝謝你的陪伴，你真的是一個好人，你一定要好好的喔。

我們還是能繼續當朋友吧？

有機會的話，我們要再見喔，再一起去吃咖哩飯 :)」

○

說是寫下殘存的故事，其實他的紀錄很短，就到這裡了。

第四個女孩之後，還有第五個，第六個，第七個，第八個……直到他遇見美鈴。只是，這些女孩的故事，他都不記得了。

坦白說，他是有一點茫然，不知道自己是不是中了什麼「不願意屈就」的魔咒。不只殘障的女孩這樣說，就連他的高中初戀女友，也曾對他殘酷地說：「我們分手吧！對不起，我果然還是不願意屈就——」

屈就？看著她們決絕的臉，他不懂，她們到底是什麼意思。

分手的前一天，明明毫無異狀——她們雀躍地跪下來，服服貼貼M似的舔他的雞雞，歡喜做甘願受地口爆。接完之後，起身，她們把嘴裡滿滿他的子孫全吞了進去。她們甚至舔一舔手指，瞇著眼睛說：「好吃——」

怎麼這樣的女人，怎麼這些把他服侍得妥妥貼貼的女人，牙一咬心一橫，突然被雷劈到一樣，說分就分？他洩氣地想，女人還真是難以捉摸。所謂的「不願意屈就」，到底是什麼意思？難道和他交往很委屈嗎？和他來往很可憐嗎？既然如此，打從一開始就不要跟他有任何接觸，不要有任何往來，不就得了。

他突然想起一件關於美鈴的小事——美鈴不喜歡含他的雞雞。

總是這樣，他喜歡回顧那些過往的約會對象，她們總是能讓他憶起和美鈴初交往時的小事。他突然想起他們第一次約會時的光景。雖然初見面便滾床，美鈴卻在一開始便和他挑明了，她不要吃他的雞雞。

而且又何止她。

美鈴說，喜歡吃男人雞雞的女人，那是稀世珍品，所見不多。發自內心喜歡吃雞的女人，根本是動保團體必得捧在手心呵護的物種了。

「是不是勇於承認自己討厭含的女人，在面對感情的時候，比較真誠呢？」他不禁感嘆。

「不知道耶。這是你的觀察呀？」她笑嘻嘻，睜大眼睛，好奇地看他。

「沒有啊。」他決定沉默。

「齁唷，在我之前，你到底經歷過幾個女人呀？」她繼續追問。

「沒有啊。」他決定繼續沉默。

他喜歡保持緘默。他羨慕那些好萊塢電影，那些美國影集。那些警察破窗而入，砰砰開槍逮住嫌疑人，無比率性，賦予人自由和權利的那一句帥話：「你有權保持緘默。」

他不懂，為什麼，大家的嘴巴總是動得勤快。見了人，便非要在對方嘴裡逼出點什麼來——又不是犯人！

可是他喜歡美鈴。

他喜歡美鈴止不住地說，喜歡她止不住地發問，喜歡她包容他的無聲。他也喜歡旁人打量他們的時候，客套的讚美，欣羨的目光——你和美鈴，真的是天生一對，一個聽一個說，一靜一動。

天造地設。佳偶天成。

很久很久以前，他也曾笑著接受這些祝賀。

早生貴子。永浴愛河。

那真的是很久很久，很久以前。

十幾年前，他還風光，和美鈴一樣喋喋不休。他也曾和美鈴一樣多話，把全部的自己真誠地獻出去，毫無保留。那時候他還是健身教練，認真教學，協助學員鍛鍊健美的體魄。美麗纖瘦的妻子，簡直是他們的真人廣告。她的工作是櫃台接待，每天早他兩個小時下班。

「我回來了。」下班之後，他脫下布鞋和襪子，準備去洗澡。

「嗯！」她打開門，遞給他乾淨的毛巾。

「我洗好啦——」他推門出去，跳上沙發，摟她的肩。

「嗯！」她推開他，打開電視，專心地看著綜藝節目。

「怎麼都不說話？跟我聊聊天呀。」他把電視的音量調小。

「微笑一天了嘛！累」她走進房間，上床睡覺。

他也曾以為這樣的日子，不甘寂寞的兩個人，折了衷結了婚——時間一久，雖然她總是冷冷的，也足以相敬如賓到老。直到某一天，他提早回家。拎著生日蛋糕，準備給她久違的驚喜。沒想到推開門，他撞見一對男女，一上一下，一動一靜……。

動的人是她。

靜的，是他們家的大樓保全。

其實也還好，他不算太意外。住進來後，他從來沒有聽他說過一句。事實上，他們連點頭打聲招呼，也沒有——他總是無聲地窩在大樓角落，低頭滑手機打電動，和現在的他一樣。

沒事，他不怪他。

他只是有一點傷心。他從來沒有看過那樣的，他的妻。

這些事，沒必要告訴美鈴。他前妻的事，他從來沒有和美鈴提過。

時間走到現在，那些多餘的情緒，他全部過濾掉了。在美鈴面前，他沒有回憶，也沒有故事。儘管拷問他，把他當成犯人——她愛怎麼問，她要如何蒐集故事的線索，都沒有關係。

他有權保持緘默。

她最好永恆地摸不透他。

他想要她對他永遠保有好奇。他想要她不斷地出聲，不停地發問……像是她們離開以前，仍對他的身世興致勃勃，好奇寶寶般的可愛模樣。

超能停時表

道具說明：時鐘的外型。只要按下它，你之外的時間都會暫停。
豆知識：你知道嗎？小叮噹替大雄爭取時間，督促他寫作業。大雄寫了五個小時，時鐘還是停在早上七點，準時交作業和上學。那天過得很充實，大雄一回家就睡著了。

在我們公司窩過的都知道，「經理」這個頭銜，不過是噱頭。網路上，人力銀行的徵才廣告，倒是寫得很漂亮——男性須役畢，研究所畢業，薪資面議（四萬以上）。工作內容？統籌公司事項，協調各部門業務，管理人事異動……

統籌公司事項，說起來非常偉大。實情是，凡不涉及決策的，任何瑣碎的小事，都在經理的業務範疇。雖然貴為經理，卻連一個助理也沒有。沒有人幫忙泡咖啡，跑跑腿，那就算了。連會議上的報表，都要自己做，都要自己守在影印機旁，等著它們一張一張跑出來。

不過，「經理」這個頭銜，爸媽卻很滿意。他們逢人便驕傲地說：「我們家啊，就只有兩個兒子。大兒子出國讀博士，明年要回來了。小兒子T大畢業，在外商公司當經理！」

「哇，你們家兒子真將才！」非要等到這句話，他們才終於心甘情願，換到下一個話題。

坦白說，我不是很喜歡爸媽這種行為。一路走來，我總是乖乖扮演他們的好兒子。考上私立國中的資優班，高中考上第一志願。考上第一志願的大學和研究所。研究所畢業以後，穩穩當當，做一個薪水穩定的社會人。

為了他們，我甚至連自己的名字，都出賣了。

我的名字，還不是算命師取的。他們順外公的意，把我取名為「聰明」。取名的原因，非常荒謬！外公說，你看《小叮噹》裡面那個王聰明，有夠巧。聰明的人都喊作聰明，隔壁那個做水電的聰明人，也喊作聰明。

王聰明，林聰明，陳聰明……多麼俗，像極了我的人生。

無妨。誰的人生不俗。

久而久之，我逐漸地習慣了，所謂人生，不過是一場幻覺，不過是一場地球人協力演出的戲。我們吃飯工作結婚睡覺，奮力奔向各階段的里程碑，扛下接踵而來的壓力。我們以各式理想和目標，說服自己生活的意義，暫時遺忘死亡的恐懼，消亡的必然性。

「阿明，年歲到了，該娶了喔——」

爸媽的碎唸，外公外婆叔叔阿姨長輩們的叮嚀，是我人生的鬧鐘。

他們不吝提醒，下一步，我該繼續往哪個方向走。人生的每一個階段，未完的里程碑，像是電玩遊戲裡的「待解鎖成就」——只要年歲將近，他們便開始監督我，看我什麼時候成就解鎖。

好在對我來說，人生online還算是簡單。

我幾乎不曾出錯，除了那一次。

還記得，那天是九月三號，小咪的生日。

選在這天，我辦了一場 double date，完美的求婚宴。

我揪了從小一起長大的好兄弟，要他帶女朋友來，跟我們一起吃晚餐。我精心挑選餐廳，反覆確認所有的細節，甚至查詢了天氣預報，不想出任何一點差錯。那天的太陽很暖，天空很藍，她的笑容很美……一切都在我的預料和掌控之中。

「這是勝雄，還有雅琪。」她微笑，向他們點點頭。

「這是我的女朋友，小咪。」他們微笑，親切地和她打招呼。

我們從容地入座，服務生在我們的玻璃杯裡加水，水裡放切片的檸檬。我特別跟他們交代過，她喜歡檸檬，不喜歡白開水。她說過，檸檬水有酸味，喝起來比較不無聊。

奇怪，她特別喜歡苦辣酸的食物，特別是辣的食物。再好吃的東西，只要不辣，便食之無味。我們曾討論過，辣其實是一種痛覺，又不是味覺，妳何苦自虐？她卻笑著回我，唉呀，你不懂啦！痛是最深刻的感受，不然，活著多麼無聊。

「妳再這樣下去，腎臟跟舌頭都會壞掉。」

「壞掉就壞掉，管他的！」

為了滿足她的喜好，不訂法式餐聽了，我訂了台北市最貴的麻辣鍋，包下餐廳的接待所。無菜單料理，網羅所有最高級的食材。全程都有服務員悉心照料，我們甚至不必自己動手。

愛吃辣，也沒有關係。只要花多一點錢，真材實料，也許就不會太傷身吧？串串香吃完了，干貝吃完了，蘿蔔吃完了，鴨血也吃完了……休息片刻，服務員送來一隻龍蝦。泡完澡的龍蝦，換上鮮紅色外衣，簡直是華麗的視覺饗宴。

她的笑也是視覺饗宴。我特別喜歡逗她笑。

我可以拍胸保證，認識她的時候，她整個人溼答答的——她像極了流理檯上的破抹布，彷彿只要輕輕一擰，就會出水。認識我之後，她才開始慢慢地放鬆，放下聳起的肩膀，不再逞強似的抿著嘴笑。

我喜歡她大剌剌笑出來的樣子。

我喜歡她放下戒心，毫無防備的樣子，天真，可愛，像極了無邪的孩子。

某天清晨，我比她還要早醒來，按掉即將響起的鬧鐘。準備下床的時候，她皺緊眉頭，牢牢地握住我的衣角。她的睡顏，延遲了我的時間。不顧上班就要遲到了，我愣愣地看著她，想著，我要珍藏她的笑容一輩子。

「妳願意嫁給我嗎？」我以為，求婚的SOP應該是這樣。找來交情最好的朋友，預訂最高級的餐廳，播放動聽的音樂。

柔和的燈光包圍著我們。吃完龍蝦之後，氣氛走到最高點時，服務員為我們送上昂貴的香檳。我會偷偷躲到廁所，換上有吊穗肩章的白色禮服。迪士尼王子想必也是如此？我會捧著九十九朵玫瑰，緩緩地走出來，單膝著地，向她求婚。

「我願意。」她應該跟迪士尼公主一樣。這是我們的愛情教養。她應該感動地紅了眼眶，輕啟朱唇答應，開心地接下那束玫瑰花。再來是重頭戲了，我會為她套上戒指，套牢鄭重的承諾——歲月靜好，現世安穩。

沒想到事情沒有按照SOP發展。

宴會上，她答應是答應了，她笑著收下戒指和玫瑰。我們離開餐廳，一行人開心地去居酒屋喝酒續攤，再下一攤……今晚是我們的慶功宴，我們的慶典。我們都還沒盡興，還有好多個胃。

大魚大肉之後，我們去酒吧，去唱卡拉OK，消耗熱量。唱膩了，我們就去便利商店買大瓶的可樂，晃去夜市吃滷味。夜市收攤了，我們就去通宵營業的熱炒店，點一盤海瓜子，猛灌啤酒。然後，一群人繼續去摩鐵開趴。我們大聲宣告，今天就是單身派對，不醉不歸。

不知道鬧到凌晨幾點，我們醉醺醺地各自回家。

那天晚上，我最後的記憶，是扶著她搭上計程車。返家後，為她洗臉卸妝，把她抱上床。我甚至沒有力氣，在閉上眼睛之前，欣賞她的睡顏。我累得不省人事，連襪子都忘了脫，倒頭就睡。

悲劇是在那天晚上發生的。

我搞砸了。

第二天起床，翻身撲了個空，不見她的人影。就連房間衣櫃裡，她的衣物和行李，也全都消失了。打開手機，查無此帳號，查無此人，她封鎖了所有通訊軟體。我甚至遍尋不著她的電話號碼，她趁我熟睡的時候，全部刪除了。

她只在桌上，留下一張無解的字條：「我們沒有在交往，我也沒有要跟你結婚的意思，你誤會了。」

○

坦白說，她莫名的離去，驚愕和難過之餘，我竟感覺鬆了一口氣。

價值觀落差太大了。家庭背景太不一樣了。雖然她在理想的時間點出現，和她相處的時間越長，我卻越來越懷疑——她是不是真的能和我的家人相處愉快，和我白頭到老？

她是無神論者。我們全家都是基督徒。她和沒有血緣關係的阿姨和叔叔相依為命長大。我們的家庭和樂，父慈子孝，和諧圓滿。她畢業於不入流的高中，野雞大學。我們家從父執輩開始，每一個人都畢業於第一志願。她總是讓髒話脫口而出。可是在我們家，是絕對不允許說髒話的。

說起來，我們認識的方式，或許便是一場錯誤。

我甚至沒辦法和朋友們哭訴。他們肯定會笑我是火山孝子。

「約嗎？」我們是在匿名聊天軟體上認識的。聊了整整三天三夜之後，或許是寂寞作祟吧？我終於鼓起勇氣這麼問。

「約啊！可是我很貴喔。」結束之後，她沉沉睡去。我在枕頭上，放了半個月的薪水，推門離去。

她值得。她值得這個價碼。

每個月的半份薪水，它們原先的主人，是我交往了長達七年的前女友。

認識她的時候，我剛和前女友不歡而散，她似乎也剛結束一段長遠穩固的關係。或許是因為寂寞，也是同病相憐吧？她說她每天找不同的人睡。她需要溫暖的臂彎，才能睡得安穩。

「你的臂彎借我吧？」她說，她很難戒掉他留下來的壞習慣。

○

她離開之後，我沒有消沉太久。

女人這種生物，怎麼來的就怎麼去，何苦為女人傷心？

一切如常，那天起床之後，我按掉八點的鬧鐘。我把她留下的紙條撕碎，沖進馬桶。人生中值得傷心的事情太多了，活著，又不是只有女人。我點開手機的檔案夾，點進音樂資料庫，隨便挑了首曲子，設成新的鬧鐘鈴聲。

最好不要有歌詞。不要有任何記憶點的旋律。再怎麼喜歡的音樂，只要設定成手機鈴聲，時間一久，便讓人生厭。

可是，人活著，還是需要鬧鐘。

工商社會，時間寶貴。

按下新鬧鐘的確認鍵後，我疊完棉被，給自己灌完大杯的溫開水，抓著手機走進廁所。我一如往常地漱洗，洗臉，刷牙。拉下褲子，放下馬桶蓋，靜待腸胃蠕動。等待的空檔，我也沒有閒著，一邊滑開臉書頁面，在好友欄中，搜尋每一個有可能性的對象。

2018／06畢業於T大，林書庭，23位共同好友。

2018／06畢業於T大研究所，張于瑄，47位共同好友。

2019／06就讀T大研究所，林雅莉，18位共同好友。

2019／06……

聰明人都知道，不要把雞蛋放在同一個籃子裡。我之前犯的，便是如此低等的錯誤。我竟然花費大筆的金錢追求她，而且，還只追求她一人。到頭來白忙一場，失戀了也不好說，說出來一定會被取笑。

鎖定目標之後，我把所有社群軟體上，每篇有她的貼文和照片，全都刪除了。好險她不喜歡拍照，留下來的影像和文字，並不算多。清理完以後，我點進她們的臉書頁面，逐一分析她們的興趣和喜好。

林書庭，大學學妹，喜歡電影和攝影，最愛拍黑白照片。照片裡，她穿著寬鬆的白襯衫，奶茶色的九分寬褲，露出腳踝。她拿著單眼相機，遮去漂亮的眼睛，作勢按下快門。再往下滑，還有一張她和男友的合照——他戴的是細框圓眼鏡，穿民族風寬褲，抱著吉他唱歌。他未經世事的姿態，看起來是個還在靠爸媽養，音樂品味極爛卻自稱浪人創作歌手的白痴。

張于瑄，研究所同學，每天在臉書放一張很「凶」的自拍照。她偶爾去吃甜點，更常去吃火鍋和燒烤，每週一次打卡送豬肉。學生時代，致力於追求社會正義，最喜歡掛在嘴邊的名言是：「公務員是造成社會死亡的豬。」畢業後，轉型專業網美，每週一次在社運場合打卡，接零星的化妝品業配。

近期則打算轉行，潛心考郵局和國營，每天都分享補習班的抽書活動。

林雅莉，研究所學妹，不知道碩幾了還沒畢業，著迷於塔羅牌和日劇。追劇之外，她更喜歡閱讀，臉書上滿是成段的書摘。有時候靈感一來，常發驚人的造句：「我和地獄的距離有多遠？天堂是不是閉上眼睛就能遇見？」連早餐店老闆娘，偶爾忘記蛋餅要加辣，她都要哭哭說自己生來好衰。

感情充沛，大胸，無腦。

心思單純。因為太笨而沒有心機。

笑容燦爛。沒有一點哀傷。漂亮的白痴。

我模仿她們的語調，發了篇臉書動態，富感情地描述了我的失戀。我仔細編織和她之間，戲劇化的結局。設定貼文權限，只秀給那五位被我選中的女孩看。

然後我自馬桶起身，按下沖水鈕，洗手，走出廁所。

低頭看了看表，啊，今天晚了三分鐘。

提起公事包，我快步走出門，往公司前進。

○

「嗨，學長，好久不見。你最近還好嗎？」

中午十二點十分，公司準時放飯，我一邊扒飯，一邊登入臉書，恣意瀏覽他人的生活。飯都還沒吃完，她們便捎來暖心的問候，不約而同問起我的戀情。

先回書庭好了。算了算，她比我還要小三歲。我的見識，比她稍長一些。我不僅有車有房，公司還在她的工作地點附近，時常在周遭的餐廳巧遇。要打趴那個一天到晚環島，三天兩頭就跑去花東彈唱的白痴男友，想必非常容易。

「好久不見啊！學妹，妳最近過得好嗎？」

「還可以啦。學長呢？我看到你貼文了喔。」

話題走到這裡，記得先停頓一下，欲言又止，發給她一張哭哭貼圖。

「哎呀，一言難盡啦！學妹，我要先上班囉。不然這樣，我們約一頓晚餐，邊吃邊聊如何呢？」

學妹，Gotcha！

就這樣，輕而易舉，書庭開始偶爾在我家過夜。

交往不到一個月，書庭便刪去前男友的照片，上傳我們的合照。在我的勸說之下，書庭選的那張照片，我們兩人都沒有露臉，感情動態不必公告周知。

催婚的鬧鐘鈴啊鈴啊鈴……書庭的鬧鐘，似乎催得比我還急。她明示暗示過我很多次，自己恰逢適婚年齡，再不嫁人就要老了……我卻只送了她一枚戒指，作為暫時的承諾。

我其實還沒確定。

小咪留下來的諸多壞習慣，我還沒能戒除，沒能忘記。
我想，我需要再給自己一點時間。

○

半年過去了，我還是沒有她的消息。雖然和書庭處得很好，和另外四位學妹的關係，久而久之也逐漸淡出了……偶爾，我還是不免睹物思情，白痴似地想念她。
所幸我已經成熟。不再為過去而失落。
我的生活沒有她也很好。我的日子沒有她也運轉如常。
起床的鬧鐘，工作交件的鬧鐘，打卡的鬧鐘，感情的鬧鐘，催婚成家立業的鬧鐘，照常鈴啊鈴啊鈴……囑咐我，快點踏入下一個階段。我的生活忙碌，就像是踩在沒有停止鍵的跑步機上，跑啊跑啊跑啊跑……沒辦法停下來，沒有空感傷。
我甚至荒廢了寫日記的習慣。
因為我的生活，短短幾行字，就能寫完——

星期六。春雨。據說天氣就要越來越熱。和書庭共進晚餐。還記得小咪最喜歡點的是口水雞和水煮牛，差點失手，差一點點就要點下去。我最好快點忘記。辣不過是一種痛覺，吃辣不宜，書庭也不吃辣。

星期天。豔陽高照。抽空晒棉被，棉被裡抖出了好幾根細軟的白色貓毛。那是小咪的貓留下來的。書庭是犬派，我也是犬派，不是貓派。必須快點忘記她柔軟的觸感。我很爽快地丟掉。

星期一。變天。春天後母面。早上八點起床，不忘洋蔥式穿搭，勾著書庭的手送她上班。脖子上的那條格紋圍巾，我竟然忘了拿下來，彷彿還留著她手的餘温。還記得那是前年春天，她親手織的紀念日禮物。

星期二。太陽又露臉。一掃陰霾。書庭不小心中暑，昏沉地躺在床上。我走去巷口的小七，為她買一塊退熱貼布。結帳的時候，不經意想起去年，小咪曾生過一場大病，用掉超商一整排退熱貼……我甚至買光了超商的冰塊，放棄全勤獎金，請假在家陪她。

終於來到星期三的晚上。

每個星期三的夜晚，書庭都在公司加班，不回來過夜。

難得清淨，我去了趟健身房，滿身大汗回來，進浴室沖洗。

然而，今天有點不一樣的是，洗澡洗到一半，叮咚，門鈴響了。

「親愛的，我回來囉！」

「等一下，書庭，妳等我一下。我洗完澡，馬上幫妳開門。」

「你不開門的話，我要直接進去囉，我……」

「等等等等，妳應該沒有鑰匙啊！我衣服快穿好了，再等我一下。」

我快步走向玄關，只穿了一條內褲，上半身圍了浴巾。

開門。

書庭不在。

「不要躲囉！快出來吧，書庭。」

「我沒有躲呀，你找找我，你找找我嘛！」

聲音從遠遠的地方傳來，聽不太清楚。

我鎖上門，轉身，慢慢踱步回臥室。

肯定是書庭偷偷打了一把鑰匙，提早回來，想要給我一個驚喜吧？年紀小的女生就是這樣，幼稚，無聊。她不知道，我最討驗的就是驚喜。我討厭計畫以外的事情，不切實際的感情。我討厭誰誰誰突然冒出來，然後，又突然離開。

打開臥室的門。不見書庭。

盤坐在床上的女人，竟然是小咪，身上一絲不掛。

半年不見，我們對視，愣了數秒。

她伸了個懶腰，終於懶懶地對我說話了：「好久不見。我還是沒辦法戒掉他留給我的壞習慣……還有你的！」

○

不知道小咪對我還有幾分留戀？

總之就這樣了。只要是書庭不在的那天晚上，她不請自來。

她造訪的時間不固定。有時候回家，她早就在了。有時候拖到很晚，凌晨三四點，才被她的愛撫碰醒。她的情緒也不穩定。有時候她很開心，碰觸她的時候，咯咯笑起來，非常可愛。有時候她很生氣，大力敲打我的肩膀，甚至呼我巴掌。

我知道，這樣說起來，非常變態。可是有時候，我不得不這樣懷疑——她不過是留戀我藏在衣櫃裡的，深藍色的小叮噹布偶裝。

這次換她付錢了。結束之後，她放了三千塊在床邊。

在我們開始之前，她從沒忘記叮嚀我——別忘了我們的那個，那個壞習慣。

「有老鼠……有老鼠啊！」

聽到這句我們的默契呻吟之後，她滿意地笑了，又紅了眼眶。

有一次，我伸手想為她拭淚。她卻遠遠地躲開，泣不成聲地說：「沒關係，沒事的，我只是懷念……」

她的眼淚，我並不懷念。

我伸手撫摸她的臉頰。

我懷念的，是交往以後，逐漸開朗的她。沒能說出口的是，其實，我恨透了我們之間的暗語，有老鼠，有老鼠，有老鼠啊……那不過是剛認識時，逗她開心的垃圾把戲。

人生值得難過的事情太多了。我不明白，為什麼她總是那麼難過。過於認真看待瑣碎的小事，為了無傷大雅的玩笑哭泣。要她把頭髮留長，也哭。要她戒掉吃辣，也哭。不經意地回憶起過去，也哭。

我還是沒有她的連絡方式。開口問她，她老是板一張臉，回答我：「又沒有什麼好聯繫的，又不是在交往。」我連忙和她撇清，我們是沒有在交往啊！我交到新女友了，她甚至和我半同居了，我們繼續下去，好嗎？

「反正她星期三又不會過來。」

「妳怎麼知道？妳找人調查過？」

「沒有啊，我來過這麼多次，從來沒見過她。」

「是沒錯啦，可是……」

「書庭嘛！我早就看過桌上那台單眼相機了。」她說話時非常平靜，沒有一絲酸味，頂多有一點點傷心：「她不就是那個，我們認識以前，常常找你吃飯的學妹嘛！」

我默不作聲。

我以為接下來她會罵：「就憑她那個白痴。」

可是她沒有。她只是沉默。

她笑著看了我一眼，迅速地，穿上衣服。然後，她把鑰匙扔在玄關的小桌子上，輕巧地推門走了。

○

她離開之後，我突然覺得書庭非常可愛。

我們度過了和諧，美滿的整個月。我還特別請了特休假，規畫了環島旅程，還帶著書庭去日本玩，多拍一些好看的黑白照片。沒想到，從日本回來之後，某個書庭又加班的夜晚，冷不防地，她又回來了。

那天凌晨，我突然不能呼吸。睜開眼睛，眼前是伸手不見五指的黑。房間裡明明有開空調，卻覺得渾身燥熱，流了整身的汗。

「我還是好想你喔！你不能忘記我們的暗語喔。」

她的聲音從耳朵左側傳來，像是從山洞的另一頭大喊。彷彿是能穿透無數介質，幽遠的聲音。

是布偶裝。

她給我套了布偶裝。

「有老鼠……有老鼠啊！」

結束之後，和從前一樣，她默默穿上衣服，往床上扔了三千塊，把鑰匙丟在玄關的小桌子上，便推門出去了。

自那之後，只要是書庭不在的夜晚，她照常來訪。

她來的時間還是不固定。她的心情也還是不固定。有時候生氣，有時候莫名地很開心。反正又沒有要結婚，也沒有要交往，沒有要走一輩子。反正我也習慣了，我們都是成年人了，有炮打，又有錢拿，不賺白不賺。

天知道她打了多少把鑰匙？

久而久之，玄關桌子上的鑰匙竟堆成了一座小山。

我的日子，頓時又規律起來。她不在的時候，家裡有書庭坐鎮。書庭不在的時候，由她來填補書庭的空缺。鬧鐘鈴啊鈴啊鈴……隨著她造訪的日子越多，桌子上的鑰匙累積地越多，我的身體越來越差，像是被榨乾一樣。

再這樣下去不行。

我叮囑書庭，要她開始籌備我們的婚禮。

我想，是時候結束這段詭異的關係，和書庭步入禮堂了吧！女人的青春，還有幾年可以浪費？時間不多了，不能讓她再等下去，書庭也等得夠久了。我應該務實一點，放棄不健康的關係，擁有正常的感情。

反正都過去了。我們也都是成年人了。

值得傷心的事情很多。值得煩憂的事情很多。

下一次見面，我會和她好好道別，偕書庭搬入新買的房子。

到時候，不論她手上備份了幾把鑰匙，也沒有用的。

作者補述

誰能料到那天晚上，一反常態地，她一邊笑，一邊把布偶裝的拉鍊縫死，把他套上布偶裝。他再也沒能發出任何聲音。

只記得臨走以前，她的聲音彷彿走過草原，越過山林，穿過瀑布一樣。頑強而悠遠地，自他耳朵右側傳來：「如果把你變成小叮噹，記憶體裡面，就會永遠都有我的位置，對吧？」

他的未婚妻在成家前一天發現他。

他孤伶伶地倒在地上。棕色的毛地毯上，有不明的液體自布偶裝裡溢出。直到剪開縫線，掀開那顆頭，他們還以為那不過是故障的巨型機器貓流出的電池液。

小叮噹的半邊臉，被染成了紅色，彷彿正詭異地看著他們微笑。

時間是早上八點，他的手機電力剩12％，鬧鐘倔強地鈴啊鈴啊鈴的……只是和他再也無關了。

如果電話亭

道具說明：對著電話許願，就能抵達心想的平行世界。獨立於現實世界，只有使用者和他的朋友能經驗。

豆知識：你知道嗎？大雄不會放風箏，所以許願：「拖著風箏才是正確玩法。」其他人的風箏飛起來後，他們跑來哭著問大雄：「要怎樣才能拖著風箏在地上走？」後來，大家一起拖著風箏散步。雖然大雄還是覺得，風箏要飛起來才好玩。

47.

是很久很久以前了，買了新的日記，卻一直沒有動筆。

沒有餘裕吧。阿宇出國讀書之後，就不要我了，斷了聯繫。

自那之後，我一直讓自己很忙。考公務員，考教師甄試。忙著考試和生活，沒有心思去想其他的事。現在終於通過考試，也謀得教職。忙碌的日子，一下子清閒起來，不知道該做什麼好。

心裡的聲音很多，便又回來寫日記了。

48.

去剪了頭髮，瀏海蓋住眉毛，小瓜呆頭。

同事阿美問我：「怎麼突然剪頭髮啊？轉換心情？」

看著鏡中的自己，妹妹頭，彷彿一下子年輕了五歲。想起很小很小的時候，被媽媽帶去給巷口的阿姨剪頭髮。害怕剪刀的關係，我不敢亂動，乖乖呆坐在理髮椅上，竟然睡著了。

媽媽沒驚動我。她很輕巧地，把我抱進車裡。醒來之後，我已經躺在車子的後座上。看著車裡的後照鏡中陌生的自己……我才意識到有什麼被改變了，大哭起來。

剪壞了。好醜。

我躲進被窩裡，哭了整個晚上。

時至今日，很想拍拍那個小女孩，安慰她：「只是瀏海變短。妳不醜，妳很可愛。」

瀏海而已，又沒什麼。

時間一久，會再長回來。

49.

開始感到非常寂寞。

週末的下午，沿著家附近的河川，直直向前走。拐了好幾個彎，晃到一家閑靜的小書店。書櫃上擺著一本不起眼的書，卻讓我溼了眼眶。想起大學時候，獨自窩在租屋處，就著檯燈夜讀的時光。

瑪賽兒．梭維若的《留下我一個人》。

很簡單的一本書，甚至，可以說是情書的集結。薄薄的，看似分量很輕，卻很沉重。這本書的作者生了病，卻在最脆弱的時候，被愛人拋棄。她以書信和日記的形式，描述了那段生命中最深刻，最破碎的愛情。

當時，我的情緒非常不好，整日窩在書中的世界。

有次阿宇來找我，看見我正在讀這本書。他發現其中一頁裂開一角。他興致勃勃地問我：「妳為什麼要刻意把這頁撕破呢？」

頁41——

「您跟我解釋過『不干涉不要求』的女人的愛是什麼樣子。

如果您想要一整天待在水裡吐泡泡，您所愛的女人會二話不說一整天看著您吐泡泡：她會因為您樂在其中而快樂。而如果您每天都想在水裡吐泡泡，她就會每天看您這麼做。您又補充說我是沒辦法這麼做的；我必須加以澄清。我首先會努力讓自己睡著或自己也來做一些事；如果不能這麼做，我會忍不住告訴您這樣很蠢，您倒不如來親親我。不然我會到您身邊，跟著一起吐泡泡，我還會發明遊戲來比賽誰的泡泡最大或最小。老實說，您會待在旁邊看我在水裡吐泡泡嗎？」

沒有刻意。我沒有刻意將這頁撕破。

阿宇，倘若我真的有意，有意藉由「撕書」來告訴你，我的期許……我想，我會撕去第七頁和第八頁的一角。

頁7、8——

「你無法理解，因為你不能夠體會。我問過你，如果你，一連八天就好，都沒有睡，你會是怎樣心情。你回答說這不可能發生在你身上，但這應不好受。顯然你無法了解。此外，當我們在鄉下時，你並不快樂；你比較想留在巴黎，你的女性友人在那兒。你於是急著離開，覺得我很煩。你看，這又是件非我所願的事情：我以為請你來會讓你高興。在巴黎，你會更加體貼……而你也會覺得我比較體貼：她在那裡。而且你不喜歡病人。我想，你應該會贊成把病人通通關起來消滅掉。你自己應來生場病。」

你自己應該來生場病。

阿宇，我曾經想這麼要求你，可是我沒有。

當我睡到一半突然驚醒，當我突然哭泣，當我沒辦法成功為你哄睡，夜夜失眠，當我食不下咽而消瘦……你總是要問我，這世上究竟有什麼事情，值得妳這麼傷心？

也許是我的錯。我未曾和你提起我的身世。

可是，即便我如實向你傾訴，那又怎樣呢？

你未曾經歷過。

哪怕我多麼仔細，苦心經營故事。說不定聽完之後，你根本覺得沒什麼。甚至，也許，你將若無其事地告訴我——

「這個世界是很美好的！」

「妳想太多了吧？這樣不是很累嗎？」

「那個不是霸凌。不要以為自己很慘。他們只是不跟妳玩。」

「這個世界上，沒有一件事情，值得妳這麼傷心。」

「……」

到時候，我豈不是要傷得更重，還不如不說。

雖然這樣說，十足洩氣——可是有時候，我不得不懷疑——反覆敘說故事和身世，到底有什麼用？是不是唯有真切感覺到痛，才能長出能深刻的，同理的，體貼的，心的肌理？

阿宇，還好你不要我了。

和健康的人在一起，比較開心。

50.

廢柴畫家透過學校，和我重新聯繫上了。

「再次聯繫上很開心！」他的聲音從電話的另一頭傳來，就連我都感染了他的快樂：「欸，為什麼不回我 LINE？我想，妳應該是去當老師了，就上網 google 妳的名字。我問了五間學校！終於找到妳了！」

我們約好這週末見面。就只是很簡單地，兩人吃一頓飯，敘敘舊。

可是，我實在不知道我們之間，有什麼話好說。他已經將近五十歲了。

廢柴畫家讓我想起高一的時候，曾交往過的男友，Lee。

我們在網路上認識。遇見他的時候，他已經三十八歲了。而我曾經對於年齡比我大上許多的男人，有所迷戀。第一次見面，他問我，要不要交往看看？我很隨便，想都沒想，就答應了。

剛開始，熱戀的時候，他千里迢迢地，長途夜車來我的城市找我。他聽我傾訴所有的煩惱，家庭的不堪，殘破的人際關係……沒有絲毫的隱藏，我全都講了。

他樂於擁抱我。

他給我很多很多的愛。

他說，他會幫我把身上所有空缺的部分，一一填補起來。

他甚至在我讀的高中附近，租了套房。他答應我，每個週末他都會留在這裡，哪裡也不去。他是工程師，他教我數學和物理。沒有考試的時候，他就去附近的超市買菜，煮飯給我吃，哄我睡覺。

高中的時候，家庭的因素，我常常轉學。我每換一間學校，他也跟著搬家。他說，為了我，他甘願作愚公。為了我，他甚至可以移山。~~雖然我很想吐槽，愚公移山，才不是這樣用的。~~

我們的感情，乍看很穩定，卻沒有持續太久。

某個週五放學後，收到他的簡訊：「今天加班，等我，晚一點去接妳。」我答應了，卻突然想起，他曾經給過我一把備用鑰匙。我決定先到他的住處，為他準備晚餐。

走進門，看到地板上，放著兩雙陌生的皮鞋。

我把書包扔在玄關，繼續往前走。走到床邊，Lee 正和兩位班上同學，一男一女，在床上進行活塞運動。他們甚至都還沒脫下制服呢！他們滿頭大汗，忘情地，對 Lee 大聲喊著：「主人！主人！」

其實也還好，我知道，Lee 曾經收過奴。

我以為他的冒險，已經結束了。

好險，和 Lee 交往的時間，也才半年。我沒怎麼付出，也沒怎麼努力。收奴很好。收奴是沒有錯的。我比較難過的是，為什什麼要瞞著我？

過一個月，又轉學，我不再把任何消息告知 Lee 了。

而 Lee 很聰明。Lee 發了三行簡訊，跟我說謝謝和再見，便默默自我的人生退場。幸運地，我沒有沾惹到任何分手的麻煩。我應該開心的！然而，我卻感到自己被優雅地一腳踢開。

失去我，Lee 不痛不癢。

雖然分手是我提的，我卻還是有一點不甘心。

和 Lee 交往的日子，幾乎占據了我的大好青春，反觀我，在他的人生裡，卻沒有一點分量。這段感情，真的發生過嗎？我們之間的感情，真的存在過嗎？有時候，我真想在他身上裝一個針孔攝影機，悄悄地，看他有沒有為我哭過，有沒有為我喝醉過……。

我想應該沒有。

Lee 畢竟交過好多女朋友。

到頭來，他根本也記不得她們的名字了。連生日禮物也不送了，直接折現。

Lee說，如果說幸福是渴望一再重複，那有什麼好哭？

反正人生不老是一再重複，跟不同人罷了。

51.

天氣極好的早晨。

中午過後，飄來幾朵烏雲，下起雨來。

改了週記，讓學生們隨便寫，自己發揮，卻沒看到幾篇有意思的。

大多數學生寫的，都只是流水帳。沒想到他們的人生這麼無聊，放學就去打網咖，健康一點的打籃球，玩完就回家吃飯。媽媽煮飯，姐姐洗碗……他們呢？他們各個軟爛地癱在沙發上，打電動。

其實我很不想要學生寫週記。無奈學校常要抽查，平日還是得累積。廢物般的日常，根本沒什麼好寫。那些「看起來」多采多姿的，寫下來，處處虛假，一點也不真實。

寫週記有什麼用？

為難他們。為難我自己。

班上這群年輕人，多數人，仍對自己的生活漠不關心。

52.

下班後的夜晚，倍感孤獨。

很想找人說話，登入臉書。

臉書狀態欄，很親切地問我：「在想些什麼嗎？」

鍵盤像極了琴鍵，字字句句，也足以構成樂音。我把手放在鍵盤上，梳理流過的思緒。還沒構思出完美的句子，我瞥見螢幕上的每一個人，都正嘰嘰喳喳地說個不停。龐大的資訊量，霎時炸得我粉身碎骨，難以承受。

游標仍然閃動。

臉書固執地問我：「在想些什麼嗎？」

在想，還是登出吧，不習慣吵雜的地方。

我關掉臉書，轉移陣地，移到ＰＴＴ。

一貫的黑底白字，簡單的介面，看了比較清爽。

我先是逛了男女版，爬完許多頁的貼文，發現大家的感情問題，都非常老套。整個版看下來，不是被劈腿了，就是在哭分手。他們在網路上大聲哀嚎，哭著問，為什麼他／她不愛我？

而所有的問題，無論是不是真的有劈腿的徵兆，鄉民們最喜歡這樣回應：「綠～」

「你一定是被戴綠帽了，所以人家才說不愛你了。」

「不是沒有愛了，也不是不能再愛了，人家只是不愛你。」

「不是不能上，是不能給你上……」

然後，所有人義憤填膺地，好心地幫忙點歌。

他們最愛唱的，是孫燕姿的〈綠光〉——

期待著一個幸運，和一個衝擊，多麼奇妙的際遇～

推文就這麼玩起了歌詞接龍。

明明是難受的感情挫折，頓時非常歡樂。

我一邊看著推文，一邊感到異樣的違和感。

什麼歌不挑，為什麼，偏偏選了孫燕姿的綠光呢？綠光曾是我小時候，最喜歡的一首歌。我喜歡跟著這首歌的旋律，站起身來，唱唱跳跳的。我也喜歡這首歌的ＭＶ開頭，童話故事般的開場文字——

「北歐有一種傳說，只要人的一生中看到一道綠光，趕快許願，什麼願望都會實現。」

我童年的綠光，竟然成為了人家頭頂上，那道慘澹綠光。

我點開Youtube，懷著微妙的心情，再聽一次綠光。我從男女版左轉，轉進充滿曠男怨女的汪踢（Wanted）版——

〔徵求〕熟女或人妻聊天水球

〔徵求〕新北小可愛

〔徵求〕今天不想一個人

〔徵求〕台北壞壞女LINE聊

〔徵求〕（妹子）今晚我想來點……

……

我點開每一篇「尋人啟事」，版上的每一個人，或許都正在為寂寞吞蝕。

想起朋友曾說，汪踢版，就是約炮聖地。符合身高體重要求的，站內信，交換真相。交換通訊軟體，來回幾次訊息。只要談得來，地點對了，長相對了……很容易上床。

在我看來，汪踢卻像是孤寂的隱形人，呼朋引伴，邀大家來玩大風吹。

大風吹，吹什麼？

吹，喜歡穿黑絲襪的女生！

大風吹呀吹，大風吹什麼？

吹，到了半夜還不睡覺的人！

大風吹，大風吹，這次又吹什麼？

吹，還沒睡著，欠幹的肉肉雙魚座女生！

……

寂寞的隱形人，默默地跑呀跑，點開每一篇符合自己的標題。寄一封站內信，確認是不是有自己的位置。

幸運一點的，很快坐下了。待下一次問句響起之前，不必再起身。運氣背一點的，每一次都被打槍，不合眼緣，不合胃口，又或者地理位置太遠了……只好繼續努力地跑呀跑，找尋下一個空缺，找尋自己專屬的空位。

願者上鉤。

眼眶溼溼的，我忍不住也發了文——

〔徵求〕陪我聊天好嗎

53.

還沒來得及收信，便睡著了，好一個多夢的夜晚。

今天值得紀錄的是，隔壁同事的抱怨，終於有點意思。

她超生氣地這樣說：「昨天下班去接小孩，真的是，有夠扯。竟然被國小老師和主任留下來，調查了半個小時！都延誤到我的煮飯時間了！」

整件事情的來龍去脈，是這樣的——

同事的小孩，今年小學四年級，是個活潑，沒有心機的小男孩。

據說，昨天放學的時候，男孩活蹦亂跳地奔向她，向媽媽炫耀：「欸，媽麻，我今天從張宜那邊，拿到了分紅一千元喔！」

「分紅？你知道什麼是什麼分紅？」

他才小學四年級，能有什麼理財概念。該不會是被騙去投資吧？不會吧，到底哪來的錢？同事很緊張地逼問起兒子。

「我的分紅，就是張宜把娃娃賣給念庭，賺到的錢啊！」

原來是女同學之間的交易。

張宜用八千元的價格，賣了一隻只有巴掌大小的瑕疵品娃娃給念庭。如果故事這麼單純，那也就算了。問題是，這兩個女孩的家庭背景，有著懸殊的差距。

念庭是由外婆撫養長大的。她的爸媽，早就不知道去哪裡了。她的個性非常單純，沒辦法分辨玩笑或惡意。張宜呢？她有一對好爸媽。他們一個是律師，另一個是大學教授。仗著背後有了靠山，便常常對同學惡作劇。

「念庭隨身帶著八千塊？她怎麼有那麼多錢？」我好奇地發問。

「因為她是靠外婆養大的啊！親戚們都很疼她，常常給她零用錢。她每次拿到錢，就立刻塞進包包裡，都沒有用。她很少去逛街，甚至連買文具都沒有，也沒有任何的金錢觀念……就這樣被騙了。」

故事還沒說完。

同事接續她的抱怨：「可是我覺得，最衰的，還是我家兒子。」

原來，張宜做了壞事，也不全然是為了惡作劇。她平分「賺來的」八千元，願意把一半的錢「分紅」給同事的兒子，是為了討他歡心。也許她以為錢能交心吧？她真摯地告訴他：「分錢給你，是因為我喜歡你喔！」

然而，同事的兒子，卻非常「正直」。

他果斷拒絕了她，向她坦白自己的心意：他沒辦法喜歡她。

他是真的很好心！他非常率直地拒絕她：「沒辦法，我們只能當朋友。分一半太多了，我拿一千塊就好。」

聽完整個故事，我很想吐槽同事，你兒子這樣也能算是正直啊（笑）！

兩個女孩是情敵，是競爭關係。他們三個人常常玩在一起。她們都喜歡同事的兒子。張宜長得不算漂亮，卻非常敏銳。她在偶然間發現，他喜歡念庭更多一點，才會在他和念庭好起來之前，出此下策。

出事之後，張宜的父母擺出教育姿態，唸了念庭一頓。當然，他們也不忘責備老師，怎麼不教導孩子正確的金錢觀念呢？他們撇清女兒的過錯，全部算到別人頭上。學校老師不敢多話。這件事就此不了了之。

「我的兒子好無辜。他明明沒做什麼事，只是被那個小女生喜歡而已，竟然也被她噴了一頓……」同事說。

比起這個，我反而比較感慨——

何以教育啊，乃至感情裡暗藏的階級……何以這個世界的隱形律法，怎麼在年齡這麼小的孩子身上，也逃脫不了？

54.

又是無聊的下班夜晚。

閒來無事，登入PTT。之前發的文，總計收到七封來信——

(1)

奶大嗎？奶大就陪妳聊。

LINE ID：xxxxxxxx

(2)

今天空氣好糟糕喔！

我跟妳一樣，下班之後好無聊，突然不知道要幹嘛！

我可以陪妳語音喔！

台北獅子男！

要來交換真相嗎！

(3)

嗨，一邊吃著滿漢大餐，一邊讀妳這篇文。

滿漢大餐的味道都要滲透到妳的文字上了。

妳晚餐吃什麼呢？我聞到了，好香好香，是咖哩的味道。

偷偷告訴你，我最喜歡猜猜看網路上的陌生人吃什麼晚餐了。

但是，我的嗅覺有時候很靈，有時候很鈍。

如果我有猜錯，一定要回信告訴我啊！猜對的話，要給我鼓勵唷。

無聊的時候，就找我聊天吧，睡不著的時候也可以喔。

雖然是陌生人，但是我隨時都在:)

(4)

台北男／175／69／有四輪／S屬性
下班無聊出來看電影啊～
BY大屌哥

簽名檔：
我　覺　得　滿　屌　的　屌　爆　了

(5)
安安，ㄩㄇ？

(6)
下班無聊的時候，我最喜歡聽音樂了。
最近剛迷上Aerosmith，最喜歡那首Jaded。
妳有喜歡的樂團，或是歌手嗎？或許我們可以聊聊音樂。
一邊聽音樂，一邊回想從前……發現我喜歡的女孩子，都有共同的特質。

她們笑起來總是噘著嘴，不知道在和誰賭氣。倔強又脆弱的樣子，很吸引人。

但我總是沒辦法和她們相處得好。

也許這樣的女孩，會不斷地在我的人生中一再出現，

直到我學會與她們共處的方法吧？

要聊聊嗎？我起了個開頭，接下來該妳了！

(7)

來聊天啊～

也可以找我大戰喔～

台北 30cm 找 E Cup 水水。

幾乎都是彆腳的性邀約。

後來，我只回信給(3)，因為感覺特別有趣。

他說話的語調，像極了好幾年前，我曾在匿名聊天軟體上偶然遇見的大學學

姐——無厘頭、可愛、不具侵略性。

然而，學姐搞笑的語調背後，卻藏著被寂寞腐蝕的靈魂。

她說，她已經四十幾了，卻沒有人要。她感嘆，為什麼男人總是喜歡傻妹呢？她獨立創業很辛苦，事業終於步上軌道。可是她其實也很想要被照顧，很想有安穩的肩膀能依靠。她每天刷匿名交友軟體，每週安排三次相親，甚至約我一起去拜月老廟。

我答應了。我願意陪學姐去拜月老廟。

她非常開心。我樂見她的開心。

我不惜領出好幾千塊，很快便訂好北上的高鐵票。

見面的前一天晚上，她突然想到，她還沒問我：「你是男生還是女生？」得知我的性別以後，她說算了，不約了：「兩個女生去拜月老廟，沒什麼意義。」

難掩失望，她還是很有禮貌。

她說學妹再見，她要繼續在人海茫茫之中，找尋下一個幸福的機會。

不能戀愛，當朋友也可以吧？不想見面，也沒有關係。難過的時候，我們也可以聊聊天啊？我向她要了連絡方式。後來，她只留了G-mail給我，她說：「很高興認識妳，我們保持連絡！」

未曾謀面的學姐，最近的生活，不知道過得怎麼樣呢？

我們當然沒有再聯繫了。

55.

等了一整天，(3)沒有回信。

56.

第二天，(3)沒有回信。

57.

第三天，(3)沒有回信。

58.

第四天，(3)還是沒有回信。

59. 放棄等待(3)的回信。

我怎麼也這麼耐不住寂寞呢？

每天（除了上班時，和同事的交談）除了買飯，買日用品的時候，和老闆娘的短暫談話，我竟然沒有別人可以說話了。

宜靜還在的時候，還可以找她說話。現在，她去加入那個奇怪的教會了。

排擠宜靜的國中同學，因為宜靜的事情，打電話來修復關係的時候，我也愛理不理的（雖然她跟我的某個同事，阿美，同名同姓……但是，她們應該不是同一個人吧？我同事胖多了！）不知道是不是錯過了交朋友的時機點呢？說不定我們可以拋下青春時期的成見，成為朋友的呀。

年輕的時候，習慣把當下的事情，以放大燈照亮。

總是習慣把眼前所有小小的挫折，變得很大，很大……

待時間尺度拉長之後，才發覺，根本沒什麼。

卻也這麼錯過了。

60.

寂寞的緣故，敲鍵盤，送出訊息。

回信給(1)、(2)、(4)、(5)、(7)。

雖然(6)，那個喜歡史密斯飛船的鄉民，我是感到有點興趣……但想必是個假掰的人吧？

我看過太多這樣的人了。他們最喜歡虛構複雜的身世，用哀傷的語調，說著老套的故事：「什麼她們為什麼要離開我？」他們喜歡以悲劇男主角的姿態登場，喚醒陌生女人的愛憐和共感。

共感個屁。

就拿 Lee 來說，他曾和我說過他生命中所有女人的故事。他和六個女人交往過，每一段走到後來，他都「感覺不對」。

印象很深刻，我們曾一起散步到學校附近的老麵店吃晚餐。那是我們的第一次約會。寫了幾個月的信，約出來之後，他訝異於我的年輕。他說：「妳的文字那麼老成，我還以為妳是走優雅路線的姐姐，沒想到是可愛型的妹妹。」

「可愛是稱讚嗎？」

「不想回答。平白無故的，我幹嘛逗妳開心。」

我們之間是幾十年的年齡差距，令我們對視許久，沉默許久，才終於開始點菜。

他點了麻醬麵跟酸辣湯。我點了乾麵和蛋花湯。

「妳吃這麼清淡啊？」他一說話，我便下意識地，縮回預備去拿辣椒醬的手。不知道他要稱讚，還是責備？曾有曖昧對象和我說過，女人一旦吃辣，就不可愛了。

結果他看也不看我一眼，自顧自地說道：「妳吃這麼清淡，和我前女友好像。反正，人跟人走到後來，調性總是會越來越不合。就連喜歡吃的東西不一樣，都可以越看越討厭，都可以是分手的原因。」

我沒有答腔。

但我其實很重口味。

回想和 Lee 交往的那半年，分明是兩個人吃飯，他卻彷彿正同時和歷任前女友們交歡。

有故事的人？

我呸！

彎腳直白的性邀約還比較強。

61.

和(1)、(2)、(4)、(5)、(7)約出去。

(2)在結束之後，丟了兩千塊在床邊。

(7)在結束之後，送給我他前女友丟掉的鑽戒。

他們所有人在結束之後，都很真摯地對我說了聲：「謝謝。」

我突然感覺自己在渡化世人，渡化每一個寂寞的人。

或許這方面，我極有天賦，有商機也說不定？

62.

無聊的下班夜晚，刷交友軟體，刷膩了就去野外狩獵。

這樣我就可以忘記上班時的那些鳥事。

哪個同學，外掃區沒有清理乾淨。哪個同學上課吵鬧，害我被訓導主任關心，什麼每週的秩序比賽總是墊底。哪個同學上課睡覺。哪個同學因為失戀，不寫期中期末考卷，抱了個鴨蛋……。

最鳥的還是換了一個自以為是的校長。校長說，我們最近要推品格教育，還要讓孩子修習仿大學不同科系的課程，讓孩子摸索自己真正的興趣。

立意良好，但是，實務是狗屎。能夠選的課程，還不都是那些為世人推崇的科系學程？文組就選法律或財經。自然組就選醫科或電機。摸索興趣不過是幻覺，是口號。

63.

刷匿名聊天軟體，認識了一個新的朋友。

「約嗎？約抱睡也可喔。」他的開場白非常直接。他說，他的青春期好像快過完了，最近常感覺腦袋一片混沌。糟糕，是更年期嗎？夜裡，他常常感到渾身燥熱，躺整個晚上也還是失眠。

當晚我便赴約了。

原以為他是頹廢的中年男子，沒想到長得很斯文，把自己打理得很乾淨。他的身上，有淡淡的肥皂香味。床頭櫃上，甚至還擺著幾本小說。

這是第一次，和陌生人睡完之後，我還能安穩地睡著。

醒來之後，他早已離開。

他在床邊的小茶几上，留下裝滿千元大鈔的信封袋，和一張字條：「這些都是妳應得的。我們作朋友吧？」

我拿起手機，搜尋他的 LINE ID，將他加為好友。

64.

自那之後，我們約了很多次，逐漸地產生友情。

我不再滑交友軟體了，甚至逐漸地，和其他人斷絕了關係。

我知道這樣不好。我們只是床伴。可是我還是對他生出了占有慾。

他粗獷的眉毛，讓我想起了阿宇。他哄睡的嗓音，比阿宇還要溫柔。不在身邊的時候，他每天都打給我，和我講睡前電話。我們在睡前視訊，查看彼此充滿睏意的一張臉，甜蜜地互道晚安……。

他從來不說承諾，不說愛我，也從來都不說喜歡。

我們之間沒有希望，不存在任何可能性——我便可以很安心地，向他傾訴我的身世。既然沒能擁有，何來被拋棄？我便可以安然地，躲在他的臂彎哭泣。反正我和他之間沒有關係。

「有老鼠，有老鼠啊……」

難過的時候，崩潰大哭的時候，他會穿上小叮噹藍色布偶裝，盡力逗我笑。

他知道我喜歡童話。他知道我喜歡那個純真和諧的世界。

那個世界不存在傷害和謊言——即便存在謊言，也能被原諒。

我知道這樣不好。可是我喜歡他。

65.

終於鼓起勇氣，向他發問了：「我們是在交往嗎？」

他笑著說，我等妳問這句話，等很久了。

66.

他要帶我去拜訪他的父母。我非常緊張。

見面的前幾個星期，我認真逛起網拍。

買衣服，買保養品，看影片學習化妝。

「再等我一下，我必須做好準備，我還沒準備好。」

67.

去他家的路上，我焦慮到沒有吃早餐，甚至還緊張地吐了。

我優雅地收拾自己製造出來的穢物，反覆擦拭苦澀的嘴角，洗了很多次臉。幸好沒有弄髒衣服。

他的家，是遠離市郊的豪宅，有自己的廚師，管家，司機……甚至還有專屬的醫生和護士。

或許正是這樣的有錢人，才夠格住郊區。

他領著我，推開庭院的大門。

他領著我四處閒晃，欣賞他們家的花園，試圖緩解我的緊張。

但我還是想吐。

他家的庭院裡，種滿了不同花色的玫瑰，九重葛和茶花，還有好幾株牡丹和杜鵑。除了豔麗的花朵，圍牆旁邊，擺滿了精心雕琢的松樹，還有各式各樣我說不出名稱的盆栽。

那些花花草草，有專門的園丁在修剪。漂亮的庭園，綠意盎然的景觀，並不能讓我放鬆。只要一想到，它們全都是錢堆出來的，我只會更加緊張。

走進客廳，他的媽媽坐在沙發上泡茶，說是爸爸有事出門了。

她說話很有氣質，輕聲細語，親暱地拉著我，要我坐下。我努力克制自己，不要顫抖，小心地接過她遞來的杯盤。還記得他曾說過，他家用來喝下午茶的杯盤，都是從英國進口的骨瓷杯，一摔就是好幾千塊。

喝茶吃餅乾，寒暄一陣之後，她提高音量，要我到廚房去：「兒子難得回來，我想單獨和他聊聊。妳要不要去廚房，幫一下廚師的忙？」

第一道料理，是芹菜炒蝦仁。她要我幫忙挑芹菜葉，剝蝦，挑腸泥。

我們在廚房忙碌著，她和他坐在客廳，閒話家常。她的聲音從客廳傳來，她說，她兒子最喜歡吃蝦仁了，他們家從來都是買最新鮮的蝦回來，在下鍋之前，親手把殼剝掉。

廚師教會了我最簡單的，挑腸泥的方式，要我牢牢記著。

其實也就兩個步驟而已。

首先，從蝦子的第二節，把蝦殼剝開。然後拿一根牙籤，朝蝦子的肉直戳進去，再勾一下，便能輕輕鬆鬆挑去腸泥。

說起來明明很輕鬆。可是，就在我連續剝了數十隻蝦子的殼之後……我養的指甲斷了。我花了錢，請人家為我彩繪的指甲，一片片剝落。黏在指甲上，小巧的裝飾，也掉了下來。

蝦頭的汁液，沾染米白色洋裝。

我看著掉落在砧板上破碎的指甲，心疼地想哭。

但我不忘保持優雅。

不能被看出來我是個假貨。

不能讓他們知道，我從來沒吃過那麼新鮮的蝦。

逢年過節的時候，嬸嬸才會從冷凍庫深處，拿出不知道放了多久的蝦子。還記得，她從來不要求挑蝦。蝦子不新鮮了，只要一挑，腸泥就糊了。整條蝦子身上，都是破碎的腸泥——不如睜一隻眼，閉一隻眼，眼不見為淨。

要是我如實告訴他這些鳥事，他想必會這樣回應我：「洋裝花了，再買就好了。指甲彩繪，再做就有了……」

我不想惹麻煩。

我和樂地跟廚師一起剝蝦。

剝完蝦，她說，她要開始煎牛排了。

她要我先休息一下，等等再教我煮芹菜炒蝦仁。

在她低頭煎牛排的時候，我拿起衛生紙包住斷裂的指甲，扔進垃圾桶。

68.

從他家回來之後，他說，他的母親對我沒什麼意見，不用太擔心。

可是，那是什麼意思？她對我要有什麼意見？

她是在評價一個人，還是在評價將要哄進門的寵物？

69.

他在洗澡時，手機響了起來。

我幫他接了電話，沒出聲就掛斷，八成是詐騙集團。

滑著他的手機，他母親恰好傳來訊息。跳出來的訊息框框，顯示著幾句令人不安的話：「我還是覺得她不適合。去年來我們家，一起吃飯的書庭，不好嗎？」

她傳來的訊息，我沒有點開，因為我沒有勇氣接受。

手機叮啊叮的響，他母親又傳來一堆訊息。

我把手機螢幕背對著，放回他的書桌上。

然後我躲進棉被裡偷偷地哭。

偷偷地，傷心一下下就好。

70.

想哭的時候就溜進浴室，還是被他發現了。

他不再哄我。

他問我，人生在世，哪有這麼多事情好哭？

71.

參加了阿美的婚禮，接到捧花，接到所有人的祝福。

身旁的他，牽著我，露出幸福的笑容。

看著他，覺得非常迷惘，我真的要和眼前這人共度一生嗎？

72.

明明跟他說過，我最討厭生人，他硬是找來他的高中好友們，說要一起吃飯。更糟糕的是，飯都還沒吃完，他竟然當著大家的面，向我跪下。

「妳願意嫁給我嗎？」

「我願意。」

不知道他為什麼要跪？他想要向我求什麼？

我最厭惡犧牲，委曲求全，假裝快樂。

憑什麼他要，我就要給？

即使他的承諾，在我看來疑點重重，我還是想為他留一點面子。這對我來說，沒有很難。我假裝開心地答應，陪著他們一群人四處去瘋。我一邊把他灌醉，一邊也假裝喝醉。我躲進廁所，為自己化上酒醉的腮紅。

我一邊傻笑，一邊盤算，接下來該怎麼辦？

73.

那天，我們鬧到很晚，回到家，他便睡倒了。

我安心地收拾起行李，刪除和他之間所有的聯繫方式。

我要搬出去。我要人間蒸發。我要徹底地自他的人生消失。

不過，在真正離開之前，我連繫了在徵信社工作的朋友，偷偷地在他的房間他的領帶他的西裝他的公事包上，裝滿針孔攝影機。

我其實不想離開。這不過是測試。

我只是想要知道，我離開之後，他的生活會發生什麼變化。

他會難過嗎？他會盡一切所能來找我嗎？他會想念我嗎？

74.

如果我能從他的言行中讀到一點愛，哪怕只有一點點愛，我就會回頭。

●後記　乾燥幽靈

道具說明：乾扁細長的「幽靈乾」，像是泡麵裡的乾燥蔬菜。泡水就會膨脹成幽靈，乖乖聽主人吩咐，幫主人做事。

豆知識：你知道嗎？尿尿也可以泡開幽靈。不知道幽靈身上，有沒有尿味。好險，乾燥幽靈，是真的很容易乾燥。就算被尿尿淋溼，沒多久便乾掉了。沒有氣味，不留一絲痕跡。

九歲以前，妳還沒開始換牙，不曾嘗過血和淚的滋味。

妳甘於快樂的生活。妳和同學們擠在一起，比賽誰跑得快，搶鞦韆和溜滑梯。

妳長得慢，個頭比她們小，她們早早開始換牙了。自我意識逐漸露出，女孩們開始結伴——兩人一組，手牽手上廁所，親暱交換耳語。

妳不是誰的誰。妳沒有組隊的意願。妳的腸胃不好，常跑廁所嘔吐，妳不想讓任何人看見妳的窘境。

不知道她是不是也常常嘔吐？她不曾陪妳去廁所，卻遞給妳全新的空白筆記本，第一頁洋洋灑灑地寫著：「妳願意當我的朋友嗎？我們來交換日記。」

交換日記，根本是課後的查字典練習，妳們打死不寫注音。

妳們祕密地寫信。上課無聊的時候，就寫紙條傳情。時隔多年，妳仍分辨不清——那樣炙熱的情感，有沒有超出友誼？妳全然相信她。妳獻出全部的自己。妳根本是用愛在寫信。

一年後，妳的乳牙鬆脫晃動，嘴裡嘗到腥鹹的鐵鏽味。這樣是正常的嗎？放著不管沒問題嗎？放暑假回來，妳想要寫信，和她傾訴——她卻收回了交換日記，把妳當成空氣，不再正眼看妳。

她的朋友還是她的朋友。她的人緣很好，全班都是她的朋友。不知道她和他們，說了什麼？他們不再正眼看妳。打招呼不應。說話不應。厚著臉皮問她怎麼了，找不到理由還是向所有人道歉，也不應。

看不見的鬼魂存在嗎？活成鬼魂態樣的人存在嗎？

妳活成三年的空氣，似人似鬼，苟活至小學畢業。妳不知道自己做錯了什麼。妳找不到合理的詮釋。妳想過用棒球網勒死自己。妳還在找下手的時機。

○

想哭但不能哭。沒有人明白妳的苦難。

妳鼓起勇氣，跟信賴的大人傾訴。妳的苦惱，他們一笑置之。妳的故事，根本算不了什麼。他們永遠能告訴妳另一個更嚴重，更值得同情的故事。妳願意相信，他們是真正的心胸寬大，他們說：「他們只是不跟妳玩，芝麻小事，妳幹嘛計較？」

沒關係，妳的苦難妳自己治，妳完整自己的故事。

妳打開鉛筆盒，美工刀輕劃自己的手。流血了，妳反覆為自己撒上雙氧水，痛苦並快樂著。沒有人知道，這是妳私密的小遊戲——不需要組隊，便足以完整神聖的儀式。

雙氧水耗盡了。割膩了。妳扳動每一顆欲墜的乳牙。血的味道，痛的爽感，讓妳非常興奮。昏沉的午後，妳步入母親的書房。隨手拿起一本書，開始閱讀。

兒童版的《紅樓夢》。兒童版的《鏡花緣》。兒童版的《湯姆歷險記》。兒童版的《傲慢與偏見》。兒童版的《亂世佳人》。兒童版的《戰地春夢》。兒童版的《黛絲姑娘》。兒童版的《小公主》。兒童版的……

妳不需要書籤。

妳一邊搖著牙齒，一邊把唾液和血，沾染到書上。

此後，全世界的人都把妳當成空氣，也沒關係了。

遊蕩的鬼魂，終於覓到歸處——妳抱著書去學校。妳不懂南北戰爭，不懂新教和舊教的差異……年幼的妳，儘管忽略書裡的歷史背景，也還是為她們的真情而打動。

妳陪著伊莉莎白踱步，跟她一起破口大罵：「達西先生是豬頭。」

妳步入莎拉的閣樓，陪她敲擊摩斯密碼，靜待奇蹟降臨。

妳支持黛絲違抗命運，妳和她一起策畫犯罪計畫。

妳抱著書，想像自己抱著鵝絨被，乘著瑞德的馬車，和思嘉一起逃離了戰亂。

○

時光待妳非常仁慈。妳的牙齒沒有長歪。

健康檢查的時候，牙醫師總是會敲敲妳的牙齒，情不自禁地讚嘆：「小小的，好漂亮，好像貝殼。」戲謔一點的，敲一敲，裝作沉重的樣子問妳：「妳的牙齒好小，妳真的有換過牙嗎？」

血和淚，當然都是真的。

懷疑的時候，有書為證。

漫漫長路，妳有書相伴，有文學相伴。

妳和妳自己說話，作自己的玩伴。

空氣般的日子，妳在腦袋裡，豢養不同的聲音。他們陪妳說話，陪妳哼情歌，陪妳度過百無聊賴的時光。他們撿拾妳的苦難，銘刻妳的記憶。他們隱約知道，總有一天，妳將完成自己的故事。

文學並不能救贖。妳沒有這麼高遠的理想。

妳只是想，多拉幾個人下水，觀賞他們揪心的表情。妳要躲在遠處，直到肉體都消亡，妳還是要遠遠地作鬼臉——拜託，哪有這麼嚴重——便完成了妳的復仇。

今年妳二十四歲。

在這之前，沒有人知道，妳已經懷才不遇很久了。

如果電話亭

紅樓詩社第五屆〖拾佰仟萬出版贊助計畫〗得主作品

國家圖書館出版品預行編目（CIP）資料

如果電話亭 / 蔡欣純著 . -- 初版 . -- 新北市：遠足文化事業股份有限公司雙囍出版，2021.03　288 面；14.8×21 公分 . --（雙囍文學；4）ISBN 978-986-98388-7-0（平裝）　863.57

作者　蔡欣純　　雙囍文學 04

責編　廖禄存

封面設計｜內頁版型　朱疋

社長　郭重興

發行人兼出版總監　曾大福

出版　雙囍出版／遠足文化事業股份有限公司

地址　231 新北市新店區民權路 108-2 號 9 樓

電話　02-22181417

傳真　02-22188057

Email　service@bookrep.com.tw

郵撥帳號　19504465

客服專線　0800-221-029

網址　http://www.bookrep.com.tw

法律顧問　華洋法律事務所　蘇文生律師

印製　成陽印刷股份有限公司

初版 1 刷　2021 年 03 月

ISBN　978-986-98388-7-0

定價　新臺幣 380 元

贊助單位：社團法人臺北市紅樓詩社

紅樓詩社

Crimson Hall Poetry Society